世界文学の小宇宙 3

Artes MUNDI 叢書

愛、もしくは別れの夜に

亀山郁夫・エリス俊子 編

名古屋外国語大学出版会
Nagoya University of Foreign Studies Press

カバー・デザイン　冨安由紀子
カバー、本文・絵　水谷　誠孝

花は散りその色となくながむればむなしき空にはるさめぞ降る

式子内親王　『新古今和歌集』一四九

序詞《はじめのことば》

桜はとうに散ってしまい、美しい花の影もない。うっすらとした花の記憶を胸にたたえながら、何もない空を眺めていると、しとしとと春雨が降っている。

この空はどんよりとして、色という色をもたず、ただ茫漠と広がっているのだろう。空と重なるようにして視界に映る春雨は、見えないほどにきめ細やかで、音も立てずに降りつづいている。日本の古典詩歌の伝統において、春雨とは、いつ降りはじめたかもわからないような霧のような雨のことをいう。対して五月雨といえば豪快に天から流れ落ちてくるような力強い雨。与謝蕪村は「春雨や小磯の小貝ぬるるほど」と水辺の小さな貝をそっと湿らすほどの繊細な雨をうたい、松尾芭蕉は「五月雨をあつめて早し最上川」と詠んで、天地一体となって雨音を響かせる壮大な自然の姿を十七音で描いてみせた。

式子内親王のこの一首でも、春雨はしめやかに降っている。微かにきらめきつつ、薄いヴェールのように視界を覆う雨の向こうには、「むなしき空」が広がるばかりである。仮にこれを絵画にしてみたら、果たしてどんな絵になるのだろう。花の姿はなく、空はむなしく、雨は見えない。キャンヴァスに映るものは何もないのである。

春の桜の華やぎも秋を彩る紅葉《もみじ》もないと、高らかに詠いあげた藤原定家の「見渡せば花も紅葉もなかりけり浦の苫屋の秋の夕暮」は、鮮やかな情景を一旦思い起こさせてから、それを一気に打ち消して、鄙びた家がひっそりと海辺にたたずむ情景に秋の夕暮れの侘しさを際立たせる。定家の艶消しの美には、艶《つや》のなごりが濃厚で、あでやかな桜や紅葉の残像は、この裏ぶれた風景にあって、たしかな存在感を放ち、寂寥の感に打たれてたたずむ歌い手の詠嘆を下支えしている。

一方、式子内親王の右の歌にはそのような詠嘆はない。花はただ散ってしまい、眼前の「むなしき空」の先に、花の再来が夢みられることもない。かろうじて感じられるものはといえば、春雨とあい混じりつつ霧散してゆく匂やかな花の記憶だろうか。降りつづく春雨は、人知れずして涙する哀しみの表象であろう。声を出すこともなく、一人、ひっそりと泣いている。式子内親王の秘めやかな恋は、つねに半透明の哀しみを湛えていた。小倉百人一首にも含まれる「玉の緒よ絶えなば絶えねながらへば忍ぶることの弱りもぞする」は、秘めることの辛さがこの先もつづけば耐えきれなくなるかもしれない、それならば死んでしまってもいいと詠いあげた絶唱として知られるが、迸り出る感情をしたためたこの歌にあっても、式子内親王の声は、か細く、且つきらびやかである。命の比喩となっている「玉の緒」が、ちぎれ、ばらばらと解き放たれていくさまは、真珠の首飾りがはじけて、珠の一つ一つが涙の煌めきとなって飛び散っていく様子を思わせる。

エピグラフとして、ここでは式子内親王の一首をとり上げたが、彼女より少し前に生きた和泉式部は、大胆な情愛におのれの生をゆだね、そして、濃密な艶かしさに満ちた歌を次々と紡いでいった。

言葉を切り詰めていくことで、言葉にならない人の心を言語化していくとき、詩が生まれる。その声は、詩人一人一人の生の証しであり、その人が生きた奇跡の美しい痕跡である。その喜びも、悲しみも、苦しみも、あるいは一度限りの感動や驚嘆の経験も、言葉として刻まれることで、永遠の生を受け、後代の人々に届けられる。そのような奇跡の痕跡のひと握りでも、共に分かち合うことができればという思いで、本書は編まれた。時代と地域を越えた言葉のかずかずが、読者のみなさまの心に届くことを願う。

エリス俊子

I

マジュヌーン・ライラー（カイス・ブン・アル＝ムラウワフ）

視線[1]

空へと私は視線を向ける。
あるいは私の視線は、空を見る彼女の視線と出会おう。
目から流れているのは、涙ではない。
これは、溶けて零れ落ちる心。

ライラーの名によって[2]

ミナーのハイフで誰かが呼んだ。[3]
知る由もなくその声は、私の心の悲しみを掻き立てた。

彼はライラーの名によって、ライラー以外のものを呼んだ。
私の胸の中にいた鳥を、私の心の芯とともに、飛び去らせるようなもの。

ライラーの名によって呼んだ。彼に災いあれ。
ライラーはシリアの、干からびた土地にいるのに。

私が自分の心によく耐えるよう示すと、心は私に言った。
「辛抱はもうたくさん。これより先は、思いの丈を。

恋する者は、彼方にいるのだから。
恋する者との別離は、燃えさしよりも熱く、つらいものなのだから。」

心よ[4]

心よ。諦めに身を任せず、悲しみの内に死ね。
諦めなど、永遠に続くものではないのだから。

その顔はガゼルに似、太陽にも似る。そういう女《ひと》を、おまえは愛した。[5]
その静謐な様は、全ての人を虜とする。

私の体は乾き、心は責め苦を受け、
尽きぬ涙が、恋に急いて流れる。

焦がれる愛の印は、涙の滴り。
恋情に患う涙こそ、もっとも確かな証人《あかしびと》。

それは、心にしまわれた愛を証する。
愛嬌よく、たおやかで、恥じらう生娘への愛を。

時が戻ればどれほどよいか。
否、時がおまえに戻ることはない。

故に心をしかと保ち、悲しみを抱いていろ。
おまえの愛は朽ちることなく、いや増し続けるのだから。

ライラーは遠くへ行き、彼女と会える場所も遠ざかった。
嫉妬する者の言葉が、彼女に約束を違えさせた。

何ということ、はたしていつまで、心は責苦を受けるのか。
この痛苦の限り、私は神に訴え続けよう。

ライラーの墓よ[6]

ライラーの墓よ。

貴方の上で、アラブとアジャムの女たちが泣き喚くのをみとめたならば。[7]

ライラーの墓よ。

彼女がいる場所によく目をかけておくれ。そうすれば、彼女が私たちの人生にもたらしたような恵沢が、貴方の上にありもしよう。

ライラーの墓よ。

ライラーは貴方の土地で、身寄りがないのだから。おじも、いとこも、いないのだから。

ライラーの墓よ。

彼女のようにしとやかで、貴い人をいだいたことは、これまでなかったことでしょう。

ライラーの墓よ。

彼女の庇護となってきた、母親やおば、彼女を見守る人たちは、今日はもう、いないのだから。

ジャミール・ブサイナ（ジャミール・ブン・マアマル）

出会いのとき[8]

バギードの谷でぼくたちの間に最初の愛を引き越こしたのは、
ねえブサイナ、悪態であったね。
ぼくが彼女に何かを言えば、同じように言い返したんだ。
ねえブサイナ、全ての言葉に、君は返事をくれた。

恋わずらい[9]

私の眼が涙を流し、長いあいだ滴る。
私にとり、健やかであることも、病めることも今や同じ。

私たち、生きるなら共に。
死ぬときは、死者たちの中、私の墓を彼女の墓の隣に。

彼女の墓石が整えられるとき、
私は、命が長引くことなど望まないのだから。[10]

恋にわずらい昼を過ごし、
夜には夢の中、私の魂は彼女の魂にまみえる。

この愛を隠蔽することが、私の休息になどなろうか。
この愛を暴露することが、私に意味を持とうか。[11]

北の風[12]

北の風よ。あなたは、
愛に惑い、衰弱する私を見たか。

どうかブサイナの息吹を、私にほどこしておくれ。
ジャミールの上に、その風を恵んでおくれ。

そしてこう伝えておくれ。ブサイナ、わずかでも君を感じることができれば
ぼくは生きていける。ほんのわずかであっても。

別れの詩[13]

訃報を告げる者が、ジャミールの訃を隠さず明かした。
彼はエジプトに住み着き、もはや帰らない。[14]

私はかつて、クラーの谷を惑い、彷徨したものだった。[15]
畑と棗椰子のあいだを。

猛々しく豪勇な騎手を連れ、訃報を告げる者は急いだ。
遭遇の定めにおいて、手強い騎手を連れて。[16]

ブサイナ、行って、声高く泣いてくれ。
そして他でもなく、ただ君の朋を悼んでくれ。

カイス・ルブナー（カイス・ブン・ザリーフ）

鳥の翼を借りて[17]

恋に焦がれて私は思う。
鳥の両翼を借りて、飛んで行けたらと。

あなたを失った後、享楽に味わいはなく、
あなたのいない喜びに、喜びなどない。

まこと、どこかに自分の半身が、
別の場所に残りの半身があることこそ、難儀なこと。

それはこの私。体はある土地に囚われ、
心は別の場所で、囚われの身。

ああ、哀れなムナジロガラスよ。

ルブナーについておまえが知っていることを、私に教えておくれ。

知っていることを少しでも話しそびれたら、
おまえが飛ぶとき、かならずや羽が折れるだろう。

それからおまえは、おまえの恋人を連れた敵たちの周りを、ぐるぐると彷徨うことになるだろう。

ちょうど私が、恋人の周りを彷徨うのを、おまえが見たように。

侮辱[18]

彼女を侮辱するならば、昇った満月に喩えよう。
満月に喩えることは、彼女にとって全き侮辱。[19]
ルブナーのあらゆる人に勝るのは、

御稜威《みいつ》の夜が、千の月に勝るよう。[20]
彼女が一歩地面を進めば、大地は驚き揺れる。
次の一歩が、そこに加えられるまで。

歩けば震える彼女の臀部。
ワサビノキの枝のようにくびれたその背中。

色々な種類の愛[21]

色々な種類の愛で、君を愛そう。
人々の間で、同じように形容されることのない、そんな愛で。

たとえばその中には、
恋人が背負う重荷を知るゆえに、相手を慈しむような愛がある。

あるいはその中には、
時が、彼女の思い出を心に顕わすとき、死んでしまいそうになる愛もある。

そしてまた、身体や顔色に見て取れるような愛も、
心にとり、安息よりも好ましいような愛もある。

或る愛は、それ自体が癒し得ない病。
その病は私を襲い、私は病人となった。

解き放たれて死ぬこともなく、
癒えて、以前のように生きることもない。

ああ、彼女への愛よ。そのように私を苦しめ続け、私を殺そうとする。
この試練続くならば、まことおまえは、方正な者でない。

ルブナーは死んだ[22]

ルブナーは死んだ。彼女の死は私の死。
悲嘆など、失われたものに意味を持とうか。
私はただ、死者への愛ゆえに命を終えた
尽きた男として泣こうか。

私の命を求めて下さい[23]

私が一体どのようにして、
あなたに背き、あなたとの約束を違えるでしょうか。

イブン・ザイドゥーン

希望は、あなたという人の中に、満足を見い出したのです。
希望は、あなたをはねつけなかったのです。

どうか、私があなたに向けるのと同じほどの愛を、
あなたも私に、向けて下さるように。

そうして、私のいないあなたの夜が、
あなたのいない私の夜ほどに、長くなりますように。

あなた、私に、私の命《いのち》を求めて下さい。私はそれを差し上げましょう。
私には、あなたを拒む術などないのですから。

今や、時は私のしもべ。
私が、愛の中にあって、あなたのしもべとなったからには。

24

使い終わったミスワーク[25]

使い終わったミスワークを、私に下さい。
どうか、アラークの枝などに物惜しみを見せないで下さい。[26]

そのミスワークで私の心はしばし弾むことでしょう。
あなたの口にくちづけをした物への、くちづけによって。

ああ、北極星。その輝きがその高みに競い、
それがために惑星たちは天において誉れを得る。

眼は涼み、その至福を得るでしょう。
その視線をひるがえし、あなたを見つけたならば。

安らぎであり、苦しみである人[27]

いつになれば私は、私に起こっていることをあなたに明かせるのでしょう。
私の安らぎであり、私の苦しみである人よ。

いつになれば私の舌は
それを解き明かすことにおいて、私の書簡に代われるのでしょう。[28]

神は知り給います。
私に起こっていることゆえに、私はすっかりあなたのものになったことを。[29]

そうして私は何を食べても味気なく、
何を飲んでも喜べないのです。[30]

ああ、修道者の試練となる人。
ああ、放蕩者の証となる人。

あなたは太陽。
覆いによって、私の目から隠された。

満月が、
薄い雲の陰から光を照らす様は
ちょうど、ニカーブの後ろで輝く、
あなたの顔に似ている。[31]

清水[32]

嫉妬する者たちが私に言う。おまえの愛するあの人は、病んでしまったと。
私は言う。病人はあなただ。あの人ではない。

彼らが嫌う吹出物も
あの人の美しさと艶やかさを増すばかり。
清らかで柔いあの人の体は、水。
その上に泡が昇ることに、何の不思議があろうか。[33]

あなたは全ての人[34]

私の名を人々に知らしめた人。[35]
私の心はあなたがために、憂いや迷いで満ちていく。
あなたがいないとき、私に親しむ人は誰もいなくなるのです。
あなたが来るとき、全ての人がやって来るのです。[36]

注

1 ديوان مجنون ليلى، دار المعرفة، بيروت، الطبعة الثالثة، ٢٠٠٧م، ص ١٤٧.

2 ديوان قيس بن الملوح رواية أبي بكر الوالبي، دار الكتب العلمية، بيروت، ١٩٩٩م، ص ٣٣.
詩の背景：若きカイス＝マジュヌーンはいとこのライラーと恋に落ちるが、ライラーの父親に結婚を反対され、彼女と会うことさえできなくなってしまう。マジュヌーンの父親は、息子を巡礼に連れて行き、ライラーへの愛が心から消え去ることを神に祈るように言う。しかし息子は反対に、ライラーとの愛が実るよう祈りを捧げ、父親を怒らせるのだった。この巡礼の途中、親子は、石投げの儀礼が行なわれるミナーの地にいた。そこでマジュヌーンは、見知らぬ誰かが「ねえ、ライラー」と呼ぶ声を耳にし、気を失って卒倒する。その後目を覚ましたときに詠んだのがこの詩である。マジュヌーンのいたミナーにライラーがいるはずがない。しかし、別のライラーに向け発されたであろうその呼び声は、ライラーがそこにいるかのようなリアリティを帯びていたはずである。愛の中にある者は、予期せぬ瞬間に突如恋人の存在を心に投げ入れられたとき、気絶しなければならない。なお、マジュヌーンに限らず、アラブの詩人はよく気絶し、その後目を覚ましたときに詩を詠むことが多い。

3 「ハイフ」と「ミナー」は土地の名称。

4 ديوان قيس بن الملوح رواية أبي بكر الوالبي، ص ٣٥.

5 「ガゼル」（غزالة）は美しい女性の喩えとなる。またこの「ガゼル」という単語は、太陽（特に朝の太陽）の別名にもなる（لسان العرب لابن منظور، دار الكتب العلمية، بيروت، ١٩٩٣م، ج٢، ص٢٦٦）。

6 ديوان قيس بن الملوح رواية أبي بكر الوالبي، ص ١١٥.
詩の背景：ライラーの訃報を聞いたマジュヌーンは、彼女の墓に身を投げだしこの詩を詠った。ほどなくして、マジュヌーンがライラーの墓の傍で死んでいるのが見つかり、ライラーの墓の横に埋葬されたと言われる。

7 「アラブ」と訳した原語は「流暢な者」（فصيح）だが、ここではアラビア語話者を指す。「アジャム」とはアラブ人ではない異邦人を言う。

8 ديوان جميل بثينة، دار بيروت، بيروت، ١٩٨٢م، ص ١٠٥.
詩の背景：ジャミールがいとこのブサイナと恋に落ちたきっかけは、バギードの谷にある水場での出来事だったと伝えられる。当時、二人はまだうら若い青年少女であった。ジャミールはラクダの世話をするためにその水場にいた。そこに、同じくラクダの世話をするために、ブサイナが侍女とともに水場にやってきたのだった。おてんばのブサイナがふざけてジャミールのラクダを叩いてまわったため、ジャミールは怒り、ブサイナを罵った。すると彼女も負けじとジャミールを罵り返したのである。ブサイナが悪態をつくのをなぜか心地よく感じたジャミールは、知らぬ間に恋に落ちたのだった。このときの出来事を詠ったのがこの短い詩である。

9 ديوان جميل بثينة، ص ٢٦.

10 「墓石が整えられる」ことは「死去する」ことを意味する。

11 愛は、愛する者とその思い人の間で完結している。愛を人々から隠蔽しようと、あるいは暴露しようと、愛は変わらず存在し、愛する者の心の苦しみが止むことはない。

12 ديوان جميل بثينة، ص ٨٦.

詩の背景：ブサイナの近親者がジャミールに敵対し、ブサイナに会うことができないジャミールは、夜、独り砂丘に登り、ブサイナのいる北の方角に顔を向けてたたずむのだった。

13 ديوان جميل بثينة، ص ١٢٨.

詩の背景：この詩は、臨終のジャミールが友人に託した、ブサイナに宛てた最後の詩である。この詩とともにジャミールの訃報に接したブサイナは、自分の顔を叩きながら泣き崩れ気絶する。その後目を覚ましたときに、次のような詩を詠んだと言われている。

　私がジャミールを忘れる一瞬は、
　　これまで訪れたことがなく、これからも訪れない時間。
　ああ、ジャミール・ブン・マアマル。私にとって人生の
　　酸いも甘いも同じもの。あなたが死んでしまえば。

ブサイナは、その後この詩を繰り返し朗誦し、三日後に死去したと言われる。

14 「彼」はジャミール自身を指す。死んでエジプトに埋葬されるため、もはや故郷には帰ることができない、との意。

15 「クラーの谷」はジャミールとブサイナの故郷。「私」はジャミールを指す。

16 「遭遇」とは、ジャミールを敵視するブサイナの近親者と遭遇してしまうことを意味する。

17 ديوان قيس بن ذريح، دار المعرفة، بيروت، الطبعة الثانية، ٢٠٠٤م، ص ٢٧.

18 ديوان قيس بن ذريح، ص ٩٧.

19 本来アラブでは、月に喩えることは女性の美しさに対する最高の賛辞となる。しかし、カイスにとってルブナーの美しさは月をはるかに凌駕しているため、月に喩えることさえ侮辱になってしまう。

20 「御稜威の夜」（ليلة القدر）とは、イスラーム教の聖典クルアーンが天上からこの世界に下されたとされる一夜のこと。この一夜は千の月にも勝ると言われる。「御稜威の夜は千の月より良い」（クルアーン第九七章第三節）。

21 ديوان قيس بن ذريح، ص ٩٧.

22 ديوان قيس بن ذريح، ص ٦٢-٦٣.

詩の背景：ルブナーの訃報を受けたカイスは、この詩を詠んだ後に気を失い、そのまま回復せずに死去したと言われる。

23 ديوان ابن زيدون، دار الكتاب العربي، الطبعة الثانية، ١٩٩٤م، ص ٢٠٧.

24 アラブの伝統（特に、イスラーム教以前のそれ）において、「時」（الدهر）は人生を左右する運命そのものであり、人間は「時」に逆らい得ないと考えられていた。しかし、思い人への愛が己の本質となった今、「時」の力によって自身が左右されることもなくなったのである。

25 ديوان ابن زيدون، ص ٢٠٨.

26 「ミスワーク」とは、主にアラーク（サルバドル・ペルシカ、歯ブラシの木）の枝を用いた伝統的な歯ブラシのこと。

27 ديوان ابن زيدون، ص ٣٠.

28 「私の舌が私の書簡に代わる」とは、手紙を間接的に渡すのではなく、直接会って話をすることを意味する。

29 「私に起こっていること」とはつまり、相手への恋心のことである。「あなたのものになった」は、「あなたの許にいる」と訳すこともできる。

30 「私」の心は「あなた」の許にあり、ここにはないからである。

31 「ニカーブ」とは、女性が頭と顔を隠すために被る布を指す。

32 ديوان ابن زيدون، ص ٣٢١.

33 顔の上にできる吹出物を、清らかな水の上を流れるあぶくに喩えている。

34 ديوان ابن زيدون، ص ١٠٣.

35 相聞歌をやり取りすることで世に浮名が立ったことを意味する。

36 アラビア語詩には、詩の中で詠う「あなた・彼・彼女」を「全ての人」、「あなた・彼・彼女と過ごす一時」を「全ての時」、「あなた・彼・彼女が住む家」を「全ての土地」とする表現方法があるが、この詩でも同様の表現方法が用いられている。

アラビア語の悲愛の詩《うた》

松山洋平

　詩は、アラブにおける最も伝統的な文芸ジャンルである。長い歴史を通じて、熱狂詩・称賛詩・挽歌・自賛詩・誹謗詩・叙景詩・恋愛詩・飲酒詩・庭園詩など、様々な主題の詩が詠われ、その技巧が競われてきた。

　本書には、やや古い時代の恋愛詩から、悲恋を詠ったものを中心に訳出した。いずれの詩も原文にタイトルはないので、訳者が判断して日本語で記してある。

　とりあげた詩人は、マジュヌーン・ライラー（مجنون ليلى：本名カイス・ブン・アル＝ムラウワフ、？–六八八年）、ジャミール・ブサイナ（جميل بثينة：本名ジャミール・ブン・マアマル、？–七〇一年）、カイス・ルブナー（قيس لبنى：本名カイス・ブン・ザリーフ、？–六八八年）、イブン・ザイドゥーン（ابن زيدون：一〇〇三年–一〇七一年）の四名である。

　前三者は、ウズリー流の恋愛詩を詠ったアラビア半島の詩人として知られる。ウズリー流恋愛詩とは、特定の思い人との悲恋と、その愛ゆえの苦しみを詠うアラビア語恋愛詩の一潮流をいう。

　ウズリー流の愛を生きる詩人にとって、愛は、重い苦しみの伴う病である。彼らの詩に接する際には、彼らの魂が愛によって常に責め苦を受けていることを了解しておかなければならない。彼らの目からは涙が流れ、身体は床に伏している。ただ、彼らは決してマゾヒストなのではない。ときに彼らは、この「病」からの治癒を医者に求めることさえある。しかし、彼らの「病」を治療できる医者はいない。自ら求めたわけでもなく、宿命として課された果たされない愛の痛みを詠うのがウズリー流である。紙幅の関係で彼らの恋物語を紹介することが叶わないが、三名の詩人はみなそれぞれの悲恋を生き、その思いを詩に託した。

マジュヌーン・ライラー、ジャミール・ブサイナ、カイス・ルブナーという彼らの通称は、それぞれ「ライラーにとりつかれた者」「ブサイナのジャミール」「ルブナーのカイス」を意味する。ライラー、ブサイナ、ルブナーは、彼らが愛した女性の名である。狂おしい愛を生きた詩人たちは、その思い人の名と共に呼び習わされている。

四人目のイブン・ザイドゥーンは十一世紀アンダルスの宮廷に仕えた詩人である。カリフの娘に思いを寄せ、彼女の愛をめぐる争いが元で失脚する。叶わぬ恋を生きた点では前三者と同じ境遇にあるが、彼の詩には、宮廷詩人らしいどこか涼しげな雰囲気が漂っている。本書に収録した詩の一つに「君の歯ブラシが欲しい」と詠う詩がある。気色の悪さを感じさせかねない主題なのだが、イブン・ザイドゥーンが詠うと雅やかな趣さえ感じられるのが面白い。

アンダルスの恋愛詩は、その欧州文化への影響が指摘されて久しい。欧州におけるロマンチック・ラブの起源の一端をアラビアに求める仮説であるが、この種の議論でイブン・ザイドゥーンの詩に着目されることがある[1]。このような観点からも彼の詩を紹介する意義があるだろう。

1　T・J・ゴートン『アラブとトルバドゥール：イブン・ザイドゥーンの比較文学的研究』谷口勇訳、芸立出版、一九八二年。

馬上の男の歌

ガルシア・ロルカ

コルドバ
遠く　ただ一つ

黒い馬　大きな月
鞍袋にはオリーブの実
たとえ道が分かろうと
おれは着けまい　コルドバに

野を渡り　風を切る
黒い馬　赤い月
死神がおれを見つめている

コルドバの数ある塔から
ああ　なんと長い道！
ああ　勇気ある馬よ！
ああ　死神がおれを待ち受ける
コルドバの手前で！

コルドバ
遠く　ただ一つ

（『歌集』より）

　　角にかけられた死

午後の五時
まさしく午後の五時

少年が真っ白な敷布を運んでくる
午後の五時
石灰の籠の用意が整う
午後の五時
残るは死　あとはただ死を待つばかり
午後の五時

風が綿を運び去る
午後の五時
酸化物がガラスとニッケルを撒き散らす
午後の五時
鳩と豹が闘い始める
午後の五時
すさんだ角が腿に突き刺さる
午後の五時
弦が低く響き出す

午後の五時
砒素の鐘が鳴り煙が立つ
午後の五時
街角に沈黙が群れる
午後の五時
意気盛んなのは牡牛ばかり！
午後の五時
雪の汗が近づく
午後の五時
闘牛場がヨードで蔽われる
午後の五時
傷口に死が卵を産みつける
午後の五時
午後の五時
まさしく午後の五時

寝台が車輪のついた棺に変わる
午後の五時
彼の耳許で骨と笛が鳴り響く
午後の五時
彼の額で牛が啼く
午後の五時
部屋は苦悶で虹色に輝く
午後の五時
かなたに壊疽が忍び寄る
午後の五時
緑の腿根に百合が咲く
午後の五時
傷口が太陽のごとく燃えさかる
午後の五時
群衆が窓を割る
午後の五時

午後の五時
ああ　なんと怖ろしい午後の五時
あらゆる時計が五時を指す！
午後の影さえ午後の五時！
（『イグナシオ・サンチェス・メヒアスへの哀歌』より）

パブロ・ネルーダ

『二十の愛の詩と一つの絶望の歌』より

6

僕はあの頃の君を思い出す。
君は灰色のベレー、穏やかな心臓だった。
君の瞳の中で戦う黄昏の炎。
君の魂の水面には木の葉が舞い落ちていた。

僕の腕に蔓草のように絡みつく君の
静かで緩やかな声を、木の葉が拾い集めていた。
放心の篝火の中で燃えていた僕の渇き。
僕の魂の上で捩れたあまやかな青いヒヤシンス。

君の瞳が旅に出る、そして秋は遠い。
灰色のベレー、小鳥の声、家の中心、
そこに向って僕の底知れぬ切望が移り住み、
燠のように熱い僕の口付けが降り注いだものだった。

船から仰ぎ見る空。丘から見渡す野原。
君の思い出は光、煙そして穏やかな池でできている！
君の瞳の向こうで黄昏が燃えていた。
君の魂の中で秋の枯葉が舞っていた。

10

僕たちは今日も黄昏を見逃した。
日暮れに手をつなぐ僕たちを見た者はいない。
そして青い夜が世界に降りてきた。

遠い丘の上で繰り広げられる落日の祭りを
僕は独りで窓から眺めた。

ときおり金貨のように
太陽のかけらが僕の両手の間で燃えていた。
君も知っているあの悲しみで胸を締め付けられながら
僕は君のことを思い出していた。

あのとき君はどこにいたのだろう。
どんな人たちと一緒に。

何を語らいながら。
悲しみに襲われ、君を遠く感じるとき、
どうして愛が一気に押し寄せてくるのだろう。

黄昏時に必ず手にする本が落ち、
マントが傷ついた犬みたいに僕の足にまとわりつく。

日暮れになると君は決まって遠ざかる、
黄昏が彫像たちを消しながら走り去る方へ。

12

僕の心は君の胸で足り、
君の自由には僕の翼があればいい。
君の魂の上で眠っていたものが
僕の口から空へと舞い上がるだろう。

日毎の幻影は君の裡にある。
君は露のように花冠に下りる。
君は君自身の不在でもって地平線を掘る。
波のごとく永遠に逃げ続けながら。

君は風の中で松のように、帆柱のように歌うと
僕は言ったことがある。
松や帆柱に似て、君は背が高く寡黙だ。
そして旅を思わす哀しみを不意に漂わせる。

馴染んだ道のように僕を快く迎えてくれる君。
君の中には郷愁を誘う木霊と声が住んでいる。
僕が目覚めると時折、君の魂の裡で眠っていた小鳥たちが
他のねぐらを求めて飛び立つのだ。

幸せな日へのオード

今度は僕を
幸せなままにしておいてほしい、
誰にも何事も起きず、
僕はどこにもいない、
事件と言えば、ただ僕が、
どこからみても、
心から幸せなこと、
歩いていても、眠っていても、
書いていても。
どうしようもないほど
幸せなんだ。
牧場の
数限り無い草よりも
僕はたくさんいて、

皮膚はごつごつした樹のようで
足下には水
頭の上には小鳥たち、
腰の周りには
輪を作る海を感じる、
大地はパンと石でできていて、
風はギターのように歌う。

僕の隣にいる君は
砂の上で砂になる、
君が歌うと君は歌になる、
世界は今日
僕の魂となり
歌そして砂となる、
世界は今日
君の口となる、

君の口の中で、砂の上で、
この僕を
幸せなままにしておいてほしい、
そうしてほしいその訳は、そうだ
僕が息をして、君が息をするからだ、
幸せでいたいその訳は
僕が君の膝に触るそのときに
まるで空の青い肌と
みずみずしさに触れる気がするからだ。

今日は
僕を
ただ幸せなままにしておいてほしい
みんなと一緒でも
一緒でなくてもかまわない、
幸せでいたい、

草と砂の上で
幸せでいたい
風の中、大地の上で、
幸せでいたい
君が一緒にいて、隣に君の口があって、
僕は幸せなままでいたいんだ。

年齢へのオード

僕は年齢《とし》を信じない。

どんな老人だって
瞳の中に
子供が
住んでいるし、

子供たちはときどき
僕たちのことを
深みのある
老人の目で眺めている。

僕たちは人生を
何メートル、何キロメートル、
何ケ月なんていう単位で
測ったりするだろうか?
生まれてからそんなに多くのキロ数を、とか
みんなと同様
地面の上を歩く代わりに
地面の下で眠りに
就くまで
何キロ
歩かなければならないのか、とか。

男でも女でも
行動、善いこと、力、
怒り、愛、優しさを
実践してきた人々に、
真に
生き生きとした
花を咲かせ
本物の成熟を迎えた人々に、
時間の物差しを
あてたりするのは
よそう、
それは多分
不向きだから、
鉱物のマント、
惑星の鳥、花、
何か別のものがいいだろう、

けれど物差しはだめだ。

時間、金属
あるいは小鳥
茎の長い花よ、
人々に
添って
身体を伸ばし、
彼らを花と咲かせ
広大な
水か
隠れた陽光で
洗ってやってくれ。
お前にあげよう、
死の衣ではなく
道を、

空気の
階《きざはし》でできた
純粋な
階段を、
経線に添って訪れる
春によって
掛け値なしに
新しくなる
服を。

さあ、
時よ、僕はお前を巻き、
素朴な箱に入れて
出掛けよう、
お前の長い糸で
夜明けの魚を釣るために！

ガブリエラ・ミストラル

死のソネット

Ⅰ

あなたを　葬られた凍てつく壁穴から
陽の射す慎ましい地面に下ろしてあげよう。
人は知らなかった　同じ地面でわたしが死ぬことも
わたしたちが同じ枕で夢を見ることも。

眠る赤子を優しく抱く母親のように
あなたを陽の当たる地面に横たえてあげよう、
すると傷ついた子のからだを受け止めるとき
地面は揺籠のごとく軟らかくなるだろう。

それから土と薔薇の粉を撒いてあげよう、

すると月の薄青く微かな煙に包まれて
重さを失くした亡骸は囚われの身となるだろう。

わたしは美しい復讐の歌をうたいつつ離れていこう、
あなたの一握りの骨をわたしから奪おうとしても
いかなる女の手も届きはしないから！

Ⅱ

この長く続く疲労はある日一段と増し、
魂はもはや耐えられないとからだに告げるだろう
生きることに満ち足りた人々が行く
薔薇色の道を　肉の塊を引きずって歩むことに……

あなたは感じるだろう　自分の隣が力強く掘られるのを、
もう一人の眠る女が静まった街に着くのを。

自分がすっかり覆われるのをわたしは待とう……
それから二人で永遠に語り合うのだ！

あなたはそのとき初めて知るだろう
墓穴は深いのに　自分の肉体が未だ熟さぬわけを、
苦しみもせず　降りていって眠りについたわけを。

星占いの暗黒の領域に光が射し　あなたは知るだろう
二人の絆には宿命が宿り
大いなる契りは破れて　あなたは死なねばならなかったのだと……

Ⅲ

邪悪な両の手があなたの生命を捕えた。星の合図により
雪に覆われた百合の褥《しとね》をわたしがあとにした
あの日から。わたしは歓びのうちに花開いていたのに。

邪悪な両の手が無残にもあの人を襲った……

そしてわたしは主に祈った。《あの人は死の小道を運ばれていく。
誰も導くことのできない愛しい影よ！
主よ、あの不幸をもたらす両の手から、あの人を奪い返すか
あなたには可能な、長い眠りに就かせてあげてください！

あの人に叫ぶことも、あとを追うこともわたしにはできない。
彼の小舟は荒れ狂う黒い風に押しやられる。
わたしの腕にあの人を返すか、花に埋もれさせてあげて》

あの人の生命の薔薇色の小舟はとどまった……
わたしが愛を知らないのか、哀れみが足りなかったのか？
どうかわたしを裁いてください、あなたはお分かりです、主よ！

スペイン語圏の三詩人

野谷文昭

スペイン語圏は詩人の宝庫である。裾野は広く、たとえ手作りの粗末な詩集でも一冊持っていれば堂々と詩人を自称する。各地で詩祭やコンクールが開かれ、詩が朗読され、優勝者は大きな称賛を浴びる。優れた作品は愛唱されるとともに、さまざまな言語に訳され、国外にも広まる。ここに紹介する三人の詩人は、アンダルシアの富裕な地主の子どもだったロルカに対し、アンデスの田舎町の教員を父親に持つミストラル、父親がチリ南部の鉄道員だったネルーダと、出身階層こそ異なるが、いずれも早くからその才能を認められ、大詩人となった。ロルカは夭逝するものの、ミストラルとネルーダはノーベル文学賞を受賞している。彼らに共通するのは民衆性、弱者やマイノリティの側に立つその姿勢だろう。彼らの詩が今も人々に愛される理由でもある。

フェデリコ・ガルシア・ロルカ（Federico García Lorca, 一八九八—一九三六）は、スペインのアンダルシア地方に生まれた詩人。吟遊詩人の伝統を受け継ぎ、民衆のあいだで育まれてきた民謡の形式を復活させ、芸術にまで高めた。また劇作家としても名高い。スペイン内戦勃発直後に故郷グラナダ近郊でファシストに処刑される。詩集に『ジプシー歌集』（Romancero gitano, 一九二八）『カンテ・ホンドの詩』（Poema del cante jondo, 一九三一）など。戯曲に『血の婚礼』（Bodas de sangre, 一九三三）『イェルマ』（Yerma, 一九三四）『ベルナルダ・アルバの家』（La casa de Bernarda Alba, 初演一九四五）などがある。

今回は、一九二七年刊の『歌集』（Libro de

poemas）より一編と、親友だった闘牛士の死を悼む『イグナシオ・サンチェス・メヒアスへの哀歌』（Llanto por Ignacio Sánchez Mejías, 一九三五年）より一編「角にかけられた死」（La cogida y la muerte）を収録した。

パブロ・ネルーダ（Pablo Neruda, 一九〇四―一九七三）はチリの詩人、政治家、外交官。本名はリカルド・エリエセル・ネフタリ・レイエス・バソアルト（Ricardo Eliecer Neftalí Reyes Basoalto）で、ペンネームのネルーダは、ヤン・ネルダ（チェコの作家・詩人）から採られた。

訳出した最初の三篇は『二十の愛の詩と一つの絶望の歌』（20 poemas de amor y una canción desesperada, 一九二四）所収。いずれも首都サンティアゴで学生生活を送っていたころの作品で、恋人たちとの官能的な愛が大胆な暗喩を用いて生き生きと歌われ、モデルニスモの静的で人工的な美の世界とは一線を画している。「年齢へのオード」（Oda a la edad）は『第三のオード集』（Tercer libro de las odas, 一九五七）所収。代表的詩集にシュルレアリズムなどに霊感を得た前衛的作品『地上の住処一九二五―三五』（Residencia en la tierra, 一九三五）、傑作として評価の高い『マチュピチュの頂』（Alturas de Machu Picchu, 一九四三）や政治詩を含み、アメリカ大陸の歴史や事物を歌い尽くそうとする『大いなる歌』（Canto general, 一九五〇）、日常的でアンチームな世界を称揚する『基本的なオード集』（Odas elementales, 一九五四）などがある。一九七一年にノーベル文学賞を受賞した。

ガブリエラ・ミストラル（Gabriela Mistral, 一八八九―一九五七）はチリの女性詩人、教育者、外交官。本名はルシラ・ゴドイ・アルカヤガ Lucila Godoy Alcayaga で、ペンネームはガブリエル・ダヌンツィオ（イタリアの詩人）とフレデリック・ミストラル（フランスのノーベル賞詩人、言語学者）から採られている。一九世紀末から二〇世紀初頭に興隆を見たモデルニスモ（近代主義）の人工性に対し、人間的感情を歌った一群の新ロマン派詩人の一人。家庭は貧しく、父親が家庭を顧みなかったため、初等教育すら満足に受けることができなかった。初期は恋愛にともなう苦悩や死への憧れをテーマとし、モデルニスモの影響が見られる作風だった。生涯未婚を貫いたが、のちにテーマは母性や人類愛へと深化する。

訳出した「死のソネット」（Soneto de la muerte, 一九一五）は、詩集『荒廃』（Desolación, 一九二二）所収の作品で、恋人の死をモチーフとし、首都サンティアゴの権威あるコンクール、フエゴス・フロラーレスで最優秀賞を獲得した。一九四五年にラテンアメリカで初のノーベル文学賞を受賞する。詩集に『荒廃』（Desolación, 一九二二）のほか、『慈愛』（Ternura, 一九二四）『タラ』（Tala, 一九三八）『ラガール』（Lagar, 一九五四）がある。

カナダの猟師のうた

スザナ・ムーディー

オーロラのきらめく
絶ゆまぬ川の流れ。
だが、荒い波の上をすばしっこく
軽快なカヌーが飛びだしてくる
陽気な猟師たちがやってきた
「なんだ？　なんだ？」
「鹿をしとめたんだ！」
「おお！　ようく帰ってきた！」

角笛が朗らかな音を奏で、
木こりたちが大声で挨拶だ

愉し気な足音が弾んで
白樺のカヌーをお迎えだ。
「おお！　猟師たちがやってきた！」
森に鳴り響くのは
騒がしい叫びの声、
焦げ茶の鹿を引きずって帰ってきた！

暖炉が明るく燃え、
古びた木板が広げられた
主の帰還を出迎え
子らが寝床を離れた。
笑いと叫びの声をあげてやってきた、
陽気な子どもたちは、
主の手を握っては
口々にいう、帰ってきた！

ダンカン・キャンベル・スコット

教会に向かう道

ある昼下がり、やつらは男の後を追った、
明るい雪の中を、
あの欲にかられたふたりの白人が
男はやつらがいるのを知っていた、
だが振り向きもしなかった
男はインディアンの罠師だった
男のブーツは雪をしっかり踏み下ろし、
男は長いそりを引きずった
休む間もなしに。

傍から見れば、三つの姿は
幻のように映ったのかもしれない
男のブーツは畏れを抱きながらも

そっと雪を踏みならした
そりは翼の音を立てた、
巣に舞いおりるモリバトのように。

インディアンの顔は穏やかだった。
先を見越すかのごとく悲しみを抱いて大きく脚を広げて歩いた、
だが男のまなざしは満ち足りた宝石のように
和やかに落ちついていた。

やつらは男を撃つところだった
だが深い森でふと、
やつらは何かが男の横にいるのを見た
やつらの心臓は恐怖で止まった。
やがて月がのぼった。
やつらは亡霊に男を委ねるところだった、

だがやつらは長いそりが
毛皮で膨らむのを見た、
銀ぎつねのたくさんの毛皮、
ミンクとカワウソの皮もある。
やつらは欲にかられた
月が輝きを増し
トウヒの木々が暗く眠るなか、
やつらは男を撃った。
月明かりの照らす地面に男が崩れ落ちると
片手がぶらりと荷に垂れ下がった
雪は解けていなかった
亡霊は去った。
欲にかられたやつらは
覆いを引き裂き、獲物を数えようとした
やつらは震えて物陰に逃げこんだ、
互いの心臓が高鳴るのが聞こえた。

静寂が訪れた。

やわらかな月明かりのもとで、
生きたときと変わらぬくらいに愛らしく、
象牙の色の人の姿が照らされた、
インディアンの妻だ。

モンタグネの女の姿で
髪は三つ編みで結いあげられていた
蝋のような指の下には
十字架が置かれていた。

男は教会に妻を運んでいたのだ、
春に妻を埋葬しようと、
赤い根のケシが生えてアネモネが

あらゆるものを覆う時分に。

だが横どりのために
ふたりはともに伏し、
沈みはじめた月が
ふたりを影で覆った。

エミリー・ポーリン・ジョンソン

湿原

淡く湿り気のある空、黄昏色に染まる空際は、
日暮れの湿原を縁取る口もとに触れる。

浅い溜まり水は、苔と黴に覆われて、
大杯の金粉のごとくきらめいている。

静かな干潟のワイルドライスのなかで、
一本調子にひびくトカゲの声。

家路に向かう雁が、宿を探している、
イグサが茂り、藻がぬるりと垂れるところに。

季節遅れのツルが重たい翼を広げて、ゆったりと飛んでいる、
夜も近い静けさのなかを分け入るかのように高く。

聖霊のように、柔らかなベールにつつまれて、
黄昏が忍び入り、湿原に影を落としていく。

スゲは静かに佇んでいる、そして靄がかかっていく、
濃く、色濃くじっとりと、そうして湿地は眠りにつく。

開拓者、先住民、自然

室　淳子

スザナ・ストリックランド・ムーディー（Susanna Strickland Moodie, 1803–1885）は、カナダ開拓期を代表する作家である。イギリスのサフォーク州を出身とし、一八三二年に夫とともに幼い娘を連れてカナダに移住し、英領期のアッパー・カナダ（現在のオンタリオ州）において開拓の日々を経験した。イギリスで子ども向けの物語などの執筆を手掛けていたムーディーはカナダにおいても再び執筆を始める。詩がよく知られ、カナダで創刊されたばかりの『リテラリー・ガーランド』誌や『ヴィクトリア・マガジン』誌に多く寄稿した。これらの作品は後にイギリスの読者に向けて編集し直され、『未開地での苦難に耐えて』（*Roughing It in the Bush*, 1852）としてまとめられた。『開拓地の生活』（*Life in the Clearings*, 1853）も重ねて出版された。

ムーディーの作品は、同じくカナダに移住した姉のキャサリン・パー・ストリックランド・トレイル（Catherine Parr Strickland Trail, 1802–1899）の作品とともに、カナダに関する情報を本国イギリスに提供し、カナダへの移住を考える者に指南を与えるものであった。同時に、カナダの文学が十分に成熟していなかった時期に、文学的な風を新しい社会に吹き込む役割も果たした。現代のカナダ作家を代表するマーガレット・アトウッド（Margaret Atwood, 1939–）は、一九七〇年に『スザナ・ムーディーの日記』（*The Journals of Susanna Moodie*）と題する詩集を出し、ムーディーの作品に潜むカナダ的な声を拾ってみせた。すなわち、一方でカナダを称賛しつつも、他方ではつねによそ者としてカナダを批判するふたつの姿勢をカナダの人たちが持ち続けていること、その「妄想型統合失調症」を患ったカナダの国民性がムーディーの古典的な作品にすでに示されていると再評価したのだ。

ここに取りあげた「カナダの猟師のうた」(“Canadian Hunter's Song”) は、『ヴィクトリア・マガジン』誌を初出とし、『未開地での苦難に耐えて』のエピソードに添える形で掲載されている。食糧難の生活に苦しむエピソードの後には、明るく猟師たちの帰還を喜ぶさまがひとしお際立つ。オーロラ、(セントローレンス) 川の流れ、猟師、木こり、鹿、白樺、カヌーと、カナダらしい情景に溢れている。

ダンカン・キャンベル・スコット (Duncan Campbell Scott, 1862–1947) は、自治領カナダが形成された一八六七年以降のポスト・コンフェデレーション期を代表する詩人である。カナダが国家として成熟するためにすぐれた詩人の輩出が必須であると考えた同世代のチャールズ・ロバーツ (Charles D. C. Roberts, 1860–1943) の呼びかけにより、若い詩人グループが結成され、そのメンバーのひとりとなったスコットは、仲間とともに詩の技術を磨き、国内外の評価を得ていった。スコットはのちに『ヴァイガー村で』(*In the Village of Viger*, 1896) 等の短編連作作品においても高く評価されている。

カナダの自然描写に重きを置くメンバーのなかで、スコットはオンタリオ州北部の未開拓地を主に描き、先住民を題材とする詩を多く手がけた。ここに取りあげた「教会に向かう道」(“On the Way to the Mission”) も、そのひとつに数えることができるだろう。詩は悲哀に満ち、無法者たちによって殺された男と妻が美しく描き出されている。だが、そのロマンティックなまなざしは、近年批判が高まるように、スコットがインディアン局の役人として同化政策を推し進めた当事者であったことを踏まえると、皮肉に響く。のちには、オジブワの詩人アーマンド・ガーネット・ルーフォー (Armand Garnet Ruffo, 1955–) が「ダンカン・キャンベル・スコットに捧げる詩」(“Poem for Duncan Campbell Scott,” 1994) を著していることも興味深い。

エミリー・ポーリン・ジョンソン (Emily Pauline

Johnson, 1861–1913）は、カナダの初期の先住民作家として広く知られている。現在のオンタリオ州シックス・ネイションズ保留地に生まれたジョンソンは、モホーク長の父とイギリス出身の母から学び、生計を立てるための手段として自ら詩を書き、各地を朗誦して回った。ジョンソンは、イギリスへの忠誠を誓うロイヤリスト、カナダのナショナリスト、先住民、混血、女性という複数の立ち位置をとり、それらのバランスを巧みに保ちながら、パフォーマンスを行った。聴衆たちの期待に応えるようなパフォーマンスを行う一方で、先住民や先住民女性の立場から語り、社会に対する批判を表にした作品が注目される。

ここに取りあげた「湿原」（"Marshlands"）は、ジョンソンの文化的・社会的な立ち位置からはあえて離れ、カナダの湿原の情景を切りとる彼女のまなざしに照準を合わせてみた。夕暮れの湿原に生い茂る植物や生きものたちの息づかいが細やかに描き出されている。

題辞

魯迅

私が沈黙している時、私は充実感を抱く。私が口を開こうとすると、同時に空虚を感じる。

過去の生命はすでに死んだ。私がこの死に対し大いなる歓喜を抱くのは、これによりそれがかつて生存していたことを知るからである。死せる生命はすでに腐蝕した。私がこの腐蝕に対し大いなる歓喜を抱くのは、これによりそれが未だ空虚ならざることを知るからである。

生命の泥は地表に捨てられ、高木を生やさず、野草を生やすばかりであるが、それは私の罪である。

野草は、根は深からず、花葉は美しからずとはいえども、露を吸い、水を吸い、昔の死者の血と肉を吸い、それぞれその生存を奪い取る。生存の時にも、やはり踏み潰され、刈り取られんとして、死に到りて腐蝕するのだ。

しかし私は落ち着き、喜んでいる。私は大笑いして、歌を唄おう。

私は私の野草を慈しむが、この野草を飾りものとする地表を憎む。

地火は地の下にて巡り、迸る。熔岩がひとたび噴き出せば、すべての野草を焼き尽くして、高木に及び、そうして腐蝕のしようもない。

しかし私は落ち着き、喜んでいる。私は大笑いして、歌を唄おう。

天地がかくの如く静寂なれば、私は大笑いの上に歌を唄うわけにはいかない。天地がかくの如く静寂ならざるとしても、私はできないのかもしれない。私はこの群生する野草を、明と暗、生と死、過去と未来との際《きわ》で、友と仇《かたき》、人と獣、愛する者と愛せざる者とに献じて証しとしよう。

自らのため、友と仇、人と獣、愛する者と愛せざる者とのために、私はこの野草の死亡と腐蝕の、速やかな到来を希望する。さもなくば、私は未だ生きたことがないのであり、それは死亡と腐蝕よりもさらなる不幸なのである。

去れ、野草、私の題辞と共に！


一九二七年四月二十六日，魯迅、広州の白雲楼にて記す。

影の告別

人が眠《ねむ》りて時を知らぬ時に到ると、影が別れを告げに来て、語るであろう言葉は——

私の好まざるものが天国にあるのなら、私は行きたくない。私の好まざるものが地獄にあるのなら、私は行きたくない。私の好まざるものが君たち将来の黄金世界にあるのなら、私は行きたくない。

だが君こそ私の好まざるものなのだ。

友よ、私は君に従いたくなくなった、留まりたくない。

私は嫌なのだ！

ああああ、私は嫌だ、地なきところをさまようほうがましだ。

私はただの影、君と別れて暗黒のなかに沈もうと思う。だが暗黒がまたもや私を呑み込むだろう、だが光明がまたもや私を消失させるだろう。

だが私は明暗の間をさまよいたくはなく、むしろ暗黒の中に沈みたい。

だが私はついに明暗の間をさまよい、黄昏か黎明かを知らない。私はしばし灰黒色の手を掲げて一杯の酒を飲み干すかに振る舞い、私は時を知らぬ時に一人遠くまで行くのだ。ああああ、もしも黄昏であれば、暗夜が当然やって来て私を沈めるだろうし、さもなくば私は白日に消失させられるに違いない——もしも今が黎明ならば。

友よ、時は近い。

私は暗黒に向かって地なきところをさまようのだ。

君はなおも私の贈り物を待っている。私は君に何を献げられようか？やむなし、それはなおも暗黒と虚空ばかりなのだ。だが、私はただ暗黒ばかりが、あるいは君の白日の中で消えることを願う。私はただ虚空ばかりが、決して君の心を占めざることを願うのだ。

私の願いとはこんなものさ、友よ——

私はひとり遠くまで行く、君がいないだけでなく、もはやほかの影が暗黒の中にいることもない。私さえ暗黒に沈められたら、世界はすべて私一人のものとなる。

一九二四年九月二十四日。

希望

私の心はことのほか寂しい。

しかし私の心は安らかだ。愛憎もなく、哀楽もなく、また色も音もない。

私は老いたのだろう。私の髪がすでに蒼白なのは、明らかなことではないのか？私の手が震えるのは、明らかなことではないのか？それなら、私の魂の手もきっと震えており、髪もきっと蒼白となったに違いない。

しかしそれは何年も前からのことである。

それ以前、私の心も血なまぐさい歌声に満ちていた。血と鉄、炎と毒、回復と復讐。それはすべてフッと空しくなったのだが、時にわざとどうにもならぬ自らを欺むく希望により埋めるのだ。希望、希望、この希望の盾で、あの空虚の中での暗夜の襲来を拒むのだが、盾の内側もやはり空虚の中の暗夜である。しかしまさにこうして、次々と私の青春を消尽して来たのだ。

私が以前からわかい青春がすでに逝去していたことをどうして知らぬことがあろうか？しかし体外の青春は確乎たるものと思っていた。星、月光、硬直落下した蝶、闇の中の花、梟の不吉な言葉、啼いて血を吐く杜鵑《ホトトギス》、縹渺《ひょうびょう》たる笑い、宙を舞う愛……。悲愴縹眇たる青春ではあれど、畢竟青春ではあるのだ。

しかし今はなぜこれほど寂しいのか？体外の青春さえも逝去し、この世の若者も多くが老い衰えてしまったのか？私はこの空虚の中の暗夜に私により肉迫するしかないのだ。私が希望の盾を手放すと、Petofi Sándor（一八二三—四九）の「希望」の歌が聞こえて来た。

希望ってなに？　売女だよ。

誰彼となく媚びを売り、すべてを献げる。

おまえがたんと宝物を——

おまえの青春を犠牲にすると——おまえを棄てるんだ。

この偉大な抒情詩人、ハンガリーの愛国者が祖国のためにコサック兵の矛《ほこ》に刺されて死んでから、すでに七十五年となった。その死は悲しいが、さらに悲しむべきは彼の詩が今に到るも死せざることである。

しかし、悲しむべき人生よ！　Petőfi の如く傲岸不遜な英雄でも、ついに暗夜に向かい足を止め、茫漠たる東方を振り返るのだ。彼は言う——

絶望の虚妄なることは、まさに希望に相同じい。

もしも私が明暗定かならざるこの〝虚妄〟の中でなおも生き永らえようというのなら、私はなおもあの逝去した悲愴縹眇たる青春を探し続けねばならず、しかし私の体外で探すことになるやも知れない。なぜなら体外の青春がひとたび消滅すれば、私の体内の宵闇もまもなく衰亡するのだから。

だが今では星も月光もなく、硬直落下した蝶も縹渺《ひょうびょう》たる笑い、宙を舞う愛もない。だが青年たちはたいそう安閑としている。

私はこの空虚の中の暗夜に私により肉迫するしかなく、たとえ体外の青春を尋ね当てられなくとも、やはり自らわが体内の宵闇を投げねばならない。しかし暗夜はそもそもどこにあるのか？今では星もなく、月光も縹渺《ひょうびょう》たる笑いに宙を舞う愛もない。青年たちはたいそう安閑としており、私の前には真の暗夜までもがなくなるに至ったのだ。

絶望の虚妄なることは、まさに希望に相同じい！

一九二五年一月一日。

（『野草』〈散文詩集〉より）

魯迅と散文詩三題について

藤井省三

日本の「国民的国語辞典」とも称される『広辞苑』第七版（岩波書店、二〇一八年）は、魯迅（ルーシュン、ろじん）について以下のように解説している。

〈中国の文学者・翻訳家。現代中国文学の父と称される。本名、周樹人。浙江省紹興生れ。一九〇二年日本に留学し仙台医専を中退、東京で文学運動を開始。〇九年帰国後、「狂人日記」「阿Q正伝」などを発表。晩年は「故事新編」など歴史小説を書く一方、国民党政権の言論弾圧と闘った。周作人は実弟。許広平は妻。評論・海外文学紹介にも活躍。他に「彷徨」「野草」「中国小説史略」など。（一八八一～一九三六）〉

『広辞苑』が掲げる散文詩集『野草《やそう》』（一九二七年刊）は、小説家にしてエッセイストであった魯迅の唯一の詩集であり、日本でも中国でも魯迅の「最高傑作」と評価する批評家が多い。

中国では紀元前六六〇年頃に中原地方の歌謡を記録した『詩経』が成立しており、儒家により「詩は社会・政治に対して機能するものであり、諷喩《ふうゆ》の性格を持つ」と理論化されたという。漢代には、はじめから文字（その多くは通常には使われないむずかしい文字）で書かれ、その後に朗誦された辞賦《じふ》が現れ、魏晋《ぎしん》南北朝には五言詩が成長し、科挙（高級官僚選抜試験）が整備されて詩と賦が試験課目となった唐代には多くの詩人が輩出し……という中国三〇〇〇年の詩の歴史については、前野直彬編『中国文学史』（東京大学出版会、一九七五年）を参照していただきたい。

このように清朝末期に至るまで、古典の語彙・

語法を基礎とする文語文が正統とされ、修辞を重んじる詩において、士大夫《したいふ》階級はもっぱら五《ご》言絶句《ごんぜっく》、七言律詩《しちごんりっし》などの形式の文語詩を作っていた。しかし二〇世紀に入り、欧米・日本の進出・侵略により中国が植民地化の危機に晒され、辛亥革命（一九一一年）により誕生した中華民国の混乱に直面すると、国民国家建設のための国語創出が急務と認識されるに至る。

　胡適（フー・シー、こてき、一八九一〜一九六二）は留学先のアメリカで、写実と大衆的コミュニケーションという情報伝達能力、すなわち国民国家におけるメディア言語として口語文が文語文を圧倒することを痛感し、進化論を援用して中国の言語意識を一変させるのである。彼は「士大夫階級＝文語文、下層民＝白話（古典口語文）」という従来の言語価値体系を逆転させ、文語文＝旧、口語文＝新という言語進化論を着想した。

　これに応じて、魯迅が「狂人日記」などの言文一致の小説群を創作して文学革命が始まっている（参照拙著『中国語圏文学史』東京大学出版会、二〇一一年）。その流れの中で、韻律に縛られた文語詩から自立して、口語詩を創造する際に魯迅らが重視したのが散文詩であり、『野草』を生み出すに到るのである。

　魯迅が『野草』創作に際し、徐玉諾・徐志摩ら同時代中国詩人だけでなく、タゴール、ボードレールからツルゲーネフ、芥川龍之介から佐藤春夫まで世界文学に広く深く学んでいる点、「野草」という題名自体が口語詩「我は雑草」の作者でもある与謝野晶子と深い影響関係にある点などは、秋吉收・九州大学教授による最新最高の『野草』研究書『魯迅――野草と雑草――』（九州大学出版会、二〇一六年）を参照していただきたい。

　なお秋吉教授は、日本語の「野草」が「可憐で愛らしい植物［略］凛とした高潔で清冽なイメージさえ湛えている」のとは異なり、魯迅原題の中国語〝野草〟は日本語の「図太くたくましい」「雑草」のイメージに重なることも詳論している。

まことにご指摘の通りではあるのだが、日本の魯迅愛読者の多くの日本語は魯迅の中国語に〝異化 foreignization〟されて、魯迅に関わる日本語「野草」に魯迅の中国語〝野草〟（日本語の雑草）の意味を付与しているとも思われるので、本稿では敢えて中国語〝野草〟には日本語「野草」を充てた次第である。

秋吉教授の大著は巻末に、彼自身による『野草』全訳（訳題は『雑草』）を収録している。この新訳は竹内好の岩波文庫版『野草』など先人による八点の全訳を周到に踏まえてもおり、日本語訳『野草』の決定版、と称すべき労作である。

秋吉訳の『野草』は、訳者の詩人的気質を反映しているためであろうか、実に滑らかで美しいのだが、ややもすると「図太くたくましい」雑草というよりも、「可憐で愛らしい」「凛とした高潔で清冽な」野草の如くにも見える。そこで極力直訳を、〝異化 foreignization〟翻訳を試みるのも一興かと思い、敢えて本書のために『野草』を抄訳した次第である。

その際に、同書全二三篇から「影の告別」「希望」の二篇を選んだのは、両作が村上春樹の最初の小説『風の歌を聴け』（一九七九年）に色濃い影を差しているためである。この点については、拙著『村上春樹と魯迅そして中国』（早稲田新書、二〇二一年）で詳しく述べている。魯迅が芥川のほか夏目漱石・森鷗外の大きな影響を受けている一方、太宰治・松本清張・村上春樹らに深い影響を与えている点は拙著『魯迅と日本文学——漱石・鷗外から清張・春樹まで』（東京大学出版会、二〇一五年）で述べた。また本稿では割愛したが、『野草』「復讐」の章に限って言えば、長谷川如是閑著『真実はかく佯《いつわ》る』（一九二四年）の影響も見逃せない。

さらわれ子

ウィリアム・バトラー・イェイツ

岩だらけの高原
スルースウッド[1]が傾き浸かる湖に
緑の繁る島がある
アオサギが羽ばたけば
うとうと眠る水ハタネズミの目を覚ます
そこにひそむはぼくら妖精の樽
たくさんのベリーと
盗んだ真っ赤なチェリーでいっぱいの

さあおいで、人間の子よ
その水辺へと、自然へと

妖精と共に、手を取り合って
この世は、君にはわからないほど悲しみでいっぱいなのだから

月明かりの波が瞬《またた》く
はるか遠くロセス岬[2]のもと
ほの暗い灰色の砂浜に光がさす
ぼくらは夜どおし踊る
昔のダンスを織りまぜて
手に手を取り、目と目を合わせ
月が役目を終えるまで
あちこち跳び跳ね
水面《みなも》の泡を追いかける
世界がとめどない悩みと
不安を抱《いだ》き眠るうちに

さあおいで、人間の子よ

その水辺へと、自然へと
妖精と共に、手を取り合って
この世は、君にはわからないほど悲しみでいっぱいなのだから

グレンカー[3]を見下ろす丘の上
流れる湧水噴き落ちて
星が照らす隙もないほどの
イグサの茂みに水場ができる
まどろむ鱒《ます》を見つけては
ぼくらは耳に囁《ささや》き
静かな夢を揺さぶってみる
雫を落とすシダの葉影から
初々しい小川へと
そっと身を乗り出して

さあおいで、人間の子よ

その水辺へと、自然へと
妖精と共に、手を取り合って
この世は、君にはわからないほど悲しみでいっぱいなのだから

物憂げな眼をした人間の子は
ぼくらと共に去る
暖かな丘に佇《たたず》む子牛の鳴き声や
胸に響く、炉にかけたやかんの安らぐ音色
その子はもう耳にすることはない
茶色いネズミたちがくるくると
オートミール入れを廻る様子をもう見ることもない

なぜなら人間の子は、やって来るから
その水辺へと、自然へと
妖精と共に、手を取り合って
この世は、彼にはわからないほど悲しみでいっぱいなのだから

イザベラ・オーガスタ・グレゴリー

乙女の嘆き

ああ、若きドナル、もしも海を渡っていくのなら
わたしを連れていって、そして忘れないで
そうすれば、祭りの日にも、市場の日にも、あなたには恋人がいることを
そして夜にはギリシャ王の娘があなたの傍らにいることを

夕べ遅く、あなたのことを犬が伝えていた
深い沼地で、あなたのことを鴫《しぎ》が伝えていた
あなたは森をさまよう孤独な鳥
おそらく仲間などいないのでしょう、わたしを見つけるまでは

あなたはわたしに約束した、そして嘘をついた
羊が群がるところでわたしの前に現れると
だからわたしは口笛を吹いて、三百回もあなたへと叫んだ

でもそこには子羊の鳴き声が響くだけだった

あなたがわたしに約束したのは叶えがたいもの
銀のマストのついた金の船
市場のある十二の町
そして海辺の真っ白な宮殿

あなたがわたしに約束したのはあり得ないもの
魚の皮でできた手袋を
鳥の皮でできた靴を
そしてアイルランドでもっとも高価な絹でできた服をくれると

わたしはひとり、孤独の井戸へ行くと
そこに座って、苦しみを思い返す
それはこの世界を見ても、愛する人が見えないとき

琥珀色の髪をしたその人を

あなたへ愛を捧げたのは、あの日曜日
復活祭の前の日曜日
膝まずくわたしは、キリストの受難を読みあげ
両目は、永遠の愛をあなたへ捧げた

あなたとは話すなと母が言った
今日も、明日も、そしてその日曜も
そんな母のことばは手遅れだった
まるで強盗が入った後で扉を閉めるように

わたしの心は漆黒のスローベリーのように黒い、
鍛冶屋の工房にある真っ黒な石炭のように
白いホールに置き去りにされた靴底のように
私の人生を真っ暗にしたのは、あなた

あなたはわたしから東を奪い、西を奪った
あなたはわたしの眼の前にあるものを、そして背後にあるものを奪った
あなたは月を奪い、そして太陽を奪った
そしてわたしがひどく恐れているのは、あなたがわたしから神を奪ってしまったこと！

注

詩の中の地名は、アイルランド北西部、スライゴー（Sligo）近辺に実在する場所。

1　スルースウッド　Sleuth Wood　実際の名称は Slish Wood と表記され、Slish は英語で Slope（傾斜）を意味する。この森林は高台からギル湖へと傾斜している。

2　ロセス岬　The Rosses　小さな海沿いの町で、岬がある。この岬で眠ってしまった者は、妖精に魂を盗られ、目覚めると気がふれてしまうという民間伝説がある。

3　グレンカー　Glen-Car　滝のある渓谷地帯。

ケルトの妖精と神秘

吉本美佳

「ケルト」ということばには不思議な力がある。どこか神秘的で、幻想的な雰囲気があり、ケルト文化から遠く離れた者にとっても、郷愁を感じさせる。この「ケルト」のイメージ作りに偉大なる貢献をした人物こそウィリアム・バトラー・イェイツ William Butler Yeats（一八六五—一九三九）だ。イェイツは、古くからアイルランドに伝わる神話や伝説、妖精物語などの民話を題材とした詩や劇を創作し、さらに昔の文献を用いてケルト文化を紹介した。詩人として高い評価を得るだけでなく、ロンドンとダブリンを拠点とした文学協会を設立し、アイルランド独自の文学の復興を目指す運動をした。

いっぽう、グレゴリー夫人として知られる、イザベラ・オーガスタ・グレゴリー Lady Isabella Augusta Gregory（一八五二—一九三二）は、アイルランド西部、ゴールウェイ地方の地主家庭に生まれ、家庭内で教育を受けて育った。そんな彼女に外の世界を見せたのは、三五歳年上の夫だった。結婚後、ヨーロッパを中心に芸術を鑑賞する旅へと連れ出し、さらにロンドンを拠点として多くの文芸人や政治家と交友関係を築く場を与えた。夫が他界すると、グレゴリー夫人の世界はさらに変化する。アラン諸島をひとりで訪れ、島民のことばと文化に深い感銘を受け、そこから本格的にアイルランド語を学び始め、地元の詩や民話を収集し、翻訳する活動を始めた。

イェイツとグレゴリー夫人が出会った一八九六年、アイルランドは国家独立に向けての機運が高まっていた。仲間と共にふたりは演劇によってアイルランドの文芸復興運動を扇動し、一九〇四年には、国立劇場となるアビー劇場を創設した。アビー劇場は、ジョン・ミリントン・シングやショーン・オケーシーなどのアイルランド人劇作家を生み出し、アイルランド独自の演劇を上演する場となった。

劇場創設後、アイルランドは、蜂起、独立戦争、内戦という長い混乱の時期を経て、国家樹立を果たすが、その後も分断された北アイルランドという大きな問題を抱えた。ケルトの妖精が住む国は、闘争の地へと姿を変えるが、イェイツとグレゴリー夫人の残したアイルランド文学は、アビー劇場とともに現代へと受け継がれ、アイルランドに結び付けられる「ケルト」のイメージは、現代でも生きつづけている。

「さらわれ子」は、イェイツの初期の代表作のひとつであり、現代でも音楽や映画などに用いられている。アイルランドには「取り替え子」(Changeling) という民間伝承がある。邪悪な妖精が、人間の子どもを連れ去り、代わりに醜い妖精や木切れを置き去りにするというものだ。イェイツはこの伝説を土台としながら、その妖精のイメージを無邪気でいたずらなものにしている。詩の中には、アイルランド北西部にあるスライゴーに実在する場所の名が用いられ、イェイツが愛した森や小川など、生き生きとした自然の情景が表現されている。この詩からは、美しい人間の世界と、そこで生きていく上で避けられない苦悩が印象づけられる。また妖精の世界へと逃避しなかった大人たちに向けて、この世に生きることの難しさを慰めているかのようにも解釈できる。

グレゴリー夫人の「乙女の嘆き」は、アラン島の男性が、アイルランド語でグレゴリー夫人に聞かせた詩であり、男性の母親が、幼い彼にくり返し歌い聞かせた詩だと言われている。この詩の原型は、八世紀にアイルランド語で作られた作者不明の詩、「若きドナル」'Donal Og' であり、グレゴリー夫人は、地方の言いまわしを用いた英語へと翻訳した。さまざまな翻訳がある中で、グレゴリー夫人の翻訳が代表的なものとして、多く引用されている。その一例として、一九八七年、ジョン・ヒューストン監督がジェイムズ・ジョイスの短編を映画化した『ザ・デッド』*The Dead* の中で、登場人物がこの詩の一部を朗読し、グレゴリー夫人による翻訳であることを言及している。その場にいた女性たちが、この詩の奇妙さ、神秘さ、そして美しさに胸打たれる様子が映される。

II

雪の夜に森で佇み[1]

ロバート・フロスト

この森の持ち主はたぶんあの人だと思う
でも彼の家は村のほうにある
だからわたしがいまここに佇んで
降り積もる雪を見ていることは知りようがない

わたしの可愛い馬はいぶかしげな様子
人家もないのに足を止めるなんて
森のむこうは凍りついた湖
しかも今日はいちばんの闇夜

馬はしゃんしゃん鈴を鳴らし

何かもんだいですかと尋ね顔
ほかに聞こえるのはただ
ひゅうと綿雪の舞う穏やかな風の音

森は優しく、暗くて深い
でもわたしには守りたい約束があるから
眠りにつくまえにまだまだ先へ進まないと
眠りにつくまえにまだまだ先へ進まないと

意図

ふと見ると白い蜘蛛が一匹、太った胴にはえくぼの印
白いウツボグサのうえで、一匹の蛾をしかと掴んでいた
一片の白い繻子布をぴんと張ったような具合に――
このとり合わせの妙はまるで死と疫病

準備万端の配合で健やかな朝を迎えた
魔女の煮出し汁の原材料たち
雪の花みたいな蜘蛛、あぶくみたいなウツボ花
そして紙凧みたいに掲げられた死骸羽

どういうわけであの花は白く咲いたのか
路傍で青く清らかに咲くのがウツボグサなのに？[2]
どういう巡り合わせであの白い蜘蛛はあそこまで登っていき
さらにそこへ真っ白な蛾が闇夜に飛び込んできたのか？
どう説明がつくだろう戦慄すべき暗黒の意図という以外に？
ただしこんなに小さいものに意図が及ぶとしてだが

月光のコンパス

雨のやみまの薄くらがりに忍び足で戸外へ出てみた

次のどしゃ降りがくるまえに外の様子を見ようと思い
すると雲隠れの月がコンパス状の月光を降り注いでいた
彼女が照らしていたのは真夜中の靄に包まれた山の円錐
あたかも自分の測量が最終決定だといわんばかり
するとそのコンパスの足でじっと測られつつ[3]
山は定位置で誇らしげに聳え立った
それは恋人の顔を両の手ではさむ様子さながら……

遠くもなく深くもなく[4]

人びとが砂浜に沿って並び
全員が同じ方向をむいて見ている
みんなが陸に背をむけて
みんながひねもす海を見ている

ゆっくりと時間をかけて
一艘の船がじわじわ航行していく
波に濡れた砂地には鏡のように
かもめの立ち姿が映っている

陸はおそらくもっと波瀾万丈
でも真実がどこにあるにしろ——
波は岸べに寄せ
人びとは海を見る

彼らは遠く彼方を見はるかすことができない
彼らは深みをのぞき見ることができない
でもいつものようにじっと眺めている分には
それが支障になったことなどあるだろうか?

注

1 フロストの優れた韻律のしくみを丸ごと翻訳に生かすことは、日英の言語構造の相違上、きわめて困難である。今回の翻訳では、その代替となるささやかな試みとして、英詩の口語的な雰囲気を日本語にも生かすと同時に、ゆるい風や鈴の音色として「さ行」、積もる雪の柔らかさと森の魅惑を表現する箇所に「ま行」の音を多用した。なおこの詩にもとづき、アメリカの音楽家ランドル・トンプソン（Randall Thompson, 1899-1984）が合唱曲を作曲している。

2 ウツボグサの花は通常、青紫色だが、ときに白や紅色になることもあるという。この詩で示唆されるのは、大自然の一角で目撃されたささやかな巡り合わせの背景には、なんらの「意図」も存在せず、すべては単なる偶然の産物に過ぎないということ。しかし本当はそれこそが最も戦慄すべき恐怖であろう。祈りも呪いも通用しない非情な連鎖は、日常のすぐ隣にある。

3 月の光が恋人である山の両頬を包んで愛でている様子をコンパスの測量になぞらえて描き出している。しかしこのハッピーエンドのあとには、すでに予告されていた過酷な続編（どしゃ降り）が待っている。

4 この詩で、フロストが二項対立的に示す海側と陸側の光景は何を意味しているのか。平明な詩であるだけに、この漠然としたテーマの掘り下げは、さまざまな解釈の可能性を含んでいる。

ロバート・フロスト――平明な詩の形而上学

梅垣昌子

ロバート・フロスト Robert Lee Frost（一八七四―一九六三）は一〇歳で父親を亡くし、マサチューセッツ州ローレンスに移り住む。高校生のころから詩作を始め、ハーバード大学で学ぶ。一九歳で最初の作品を発表した。一九一二年、英国に渡り、三九歳で最初の詩集『少年の心』（*A Boy's Will*, 1913）、続いて『ボストンの北』（*North of Boston*, 1914）を出版。一九一五年に帰国し、故郷ニューイングランドをテーマとする自然詩人としての地位を確立した。その後『ニューハンプシャー』（*New Hampshire*, 1923）をはじめとする数々の詩集を出版、晩年の作品は哲学的な様相を深める。ピューリッツァー賞を四度受賞し、一九六一年のケネディ大統領の就任演説で自作の詩を朗読するなど、いわばアメリカの桂冠詩人として活躍した。一九六三年、フロストは八八歳の生涯を終える。

フロストの詩は、平明で簡潔な詩行の積み重ねのなかに、形而上学的な示唆が織り込まれ、しみじみと深い味わいを残す。読者がその詩を人生のどのタイミングで読むかによって、詩の意味合いはその時々で変化し、何度繰り返し鑑賞しても決して飽きがこない。

「雪の夜に森で佇み」も、まさにそのような詩の一篇である。ニューイングランドの冬、おそらく冬至の頃に、美しい森の風景と、そこに足を踏み入れる人間の思いが交錯する。何気ない日常の一コマが描かれているが、その象徴的な背景には、人生の孤独な道行きと、凛とした孤高の決意を読み取ることもできる。

「意図」の形式は十四行詩のソネットで、前半の八行と後半の六行に分かれている。路傍に咲くウツボグサのうえに、蜘蛛と囚われの蛾が揃うわけだが、どういうわけかすべて白。次にこの三者が魔女のスープの材料に見立てられ、三者の関係性が不吉な符号として比喩的に再構築される。これに対し、三者が同時に同じ場所に揃った経緯について哲学的な問いが発される。

結びは、曖昧性を含んだオープンエンディングとなっている。最後の二行において反語と条件節の組み合わせが開示するのは、ある意味で現実的かつシニカルな達観である。大自然の一角で目撃されたささやかな巡り合わせの背景にはなんらの「意図」も存在せず、単なる偶然の産物に過ぎないという。本当はそれこそが最も戦慄すべき恐怖であろう。祈りも呪いも通用しない非情な連鎖は、日常のすぐ隣にあるのだ。

「月光のコンパス」は短いながら不思議な魅力を持った詩。フロストが用いた月光とコンパス、および円錐形の山のメタファーは、極めて観念的だ。フロストは情愛の深さを示すジェスチャーを、コンパスの形状になぞらえている。しかしそれ自体がさらに、自然の風景を人間の愛情表現に見立てたメタファーなのである。ロマンティックに詩を締めくくると見せて、その余韻の冷めやらぬなか人知の及ばぬ大自然の循環システムへと読者の思考を一気に展開させるのは、やはりフロストならではの手腕である。

「遠くもなく深くもなく」は還暦を過ぎたロバート・フロストの作品。広い海を臨む砂浜で人々が思い思いに寛いでいて、見ている方向はみな一緒という光景からこの詩は始まる。最後の第四スタンザでフロストは、人びとの様子について淡々と語る。彼らはその視界を海の彼方まで広げようとしないし、海の底深くを覗き込もうともしない。しかしフロストは、人びとのそのような姿勢について否定も肯定もしない。最後に反語的な問いを投げかけるのみである。彼らは海の彼方や海の底を見られないが、彼らはそれを不自由と思っているだろうか。あえて判断を保留しているかに見えるが、最終の反語はシニカルな余韻と読後感を残す。

背後のできごとに無関心でいる間に世界は変

貌してしまい、平和な海さえ臨めなくなるのではないか。海の彼方や深淵を冒険的に探らないかぎり、真実は姿を現さないのではないか。真実の探究とは無縁の一生は、どんなふうに終わるのだろう。全員が傍観者だとすれば誰が道を切り開くのだろう。そのような種々の漠たる不安がひたひたと迫ってくる。

Robert Frost: Selected Poems.
Ed. Ian Hamilton. Penguin Books, 1973.
"Stopping by Woods on a Snowy Evening"
New Hampshire (1923) 所収
"Design" *A Further Range* (1936) 所収
"Moon Compasses" *A Further Range* (1936) 所収
"Neither Out Far nor Deep" *A Further Range* (1936) 所収

涙の海

S・アン＝スキ[1]

人の涙でできた塩の海に
恐ろしく深い谷がある
もうこれ以上、深くも暗くもなりえない
谷を満たすのは血の流れ……

数千年の時をかけ、この谷を掘り下げたのは
信仰と憎しみと苦しみ
そこに数千年をかけて、一滴また一滴と
涙がそそがれた

谷は満たされている……ユダヤ人の涙で

だが間違いないのは
血の涙が貧者のものであること
富者の涙は雪水のように透明であること

職人たちよ、貧者たちよ
血の谷はあなたたちのもの
あなたたちの「兄弟」、富める盗人たちは
海面を泡のように漂う[2]

海はすでに満ち、あらゆる岸に押し寄せている
英雄たちはどこにいるのか
血の谷に身を投げ
闘う勇気を持つ者たちは？

いったい誰が労働者たちを
飢えと永遠の苦しみから救うのか？

誰が彼らに自由への道を示すのか
兄弟愛、平等、喜びへの道を？

富者の子どもたち、マスキリーム、[3] ラビたち[4] は
シオンへとユダヤ人に呼びかける
我々の敵の古い小唄にこうあるように
「永遠のユダヤ人にゲットーを！」

彼ら、冷たい死者たちは
聖なる墓に土地を探し求める
そして「殉教者たち」の苦しみや嘆息には
壁のように押し黙る！

メシアもユダヤの教えも死んだ
新たなメシアが来たる
ユダヤ人労働者——富者の犠牲となってきた彼らは

いまや自由の旗を掲げている

この英雄が世界を解放し、癒す
谷は奥底まで均されるであろう！
栄光あれ、ロシア・リトアニア・ポーランドの
ユダヤ人労働者総同盟《ブンド》[5]！

誓い

労働と窮乏のただなかにある兄弟姉妹たち
各地に散らばるすべての者よ
集まれ、旗はここにある
怒りにはためく血の赤の！
これは誓いだ、生死を賭けた

天と地が聞くであろう
輝く星々が証すであろう
血の誓い、涙の誓いを
我らは誓う、誓う、誓う！

我らは誓う、限りなき忠誠を同盟《ブンド》に
ただそれのみが今、奴隷を解放できよう
赤い旗は高く広がる
怒りにはためく血の赤の！
誓い、誓い、生死を賭けた

注

1　S・アン＝スキは、一八六三年、ロシア帝国領（現ベラルーシ）ヴィテプスク県の小村に生まれた。ヘデルと呼ばれるユダヤ教の伝統的な初等教育施設を出たのち、独学でロシア語やロシアの社会思想を学び、ロシア語の新聞に社会評論を寄稿した。また、小説、戯曲、詩など様々なジャンルで作品を著した。アン＝スキの名は、戯曲『ディブック』と、ユダヤ民俗文化《フォークロア》の調査・収集によって、後世にまで知られている。アン＝スキらが立ち上げた民俗調査団は、一九一二年から一四年にかけて現在のウクライナとベラルーシにまたがる地域に点在するユダヤ人集住地を踏査し、民話や民謡、写真、歴史文書など、総計七千点以上に及ぶ民俗資料を収集した。この体験をもとに、民間伝承や伝説、ハシディズム（ユダヤ教敬虔主義の一派）の信仰文化を織り交ぜて執筆したのが、近代ユダヤ／イディッシュ演劇の金字塔とされるアン＝スキの代表作『ディブック』である。

2　一九世紀半ばにはじまる近代化の中、ロシア帝国のユダヤ人の一部の層は社会的上昇を遂げて財を成したが、大部分の層は貧困化の一途を辿った。とりわけ工場の下請けの地位に転落した職人とその徒弟、そして工場というよりは作業場に近く、ユダヤ人を雇うことの少なかった小規模生産施設にかろうじて職を得た非熟練労働者は、低賃金での過酷な労働に耐えねばならなかった。

3　ユダヤ社会の近代的刷新を目指したユダヤ啓蒙主義《ハスカラー》の支持者たちをマスキリームという。彼らは伝統的なユダヤ教共同体を離れ、ロシア社会への進出を遂げていった。世俗の知識人層を構成した。

4　ユダヤ教の律法学者。伝統的なユダヤ教共同体の権威。

5　「在リトアニア・ポーランド・ロシア・ユダヤ人労働者総同盟《ブンド》」、通称「ブンド」は一八九七年に当時ロシア帝国領、現リトアニアの首都ヴィリニュスで結成された。ユダヤ人労働者を組織し、レーニンのいたロシア社会民主労働党など非ユダヤ人の社会主義勢力とともに革命を起こすことを目指した。ユダヤ人国家建設を目指すシオニズムを否定し、多民族国家ロシアにおけるユダヤ人を含む諸民族の平等を目指したこと、また、ユダヤ人の民族語として、シオニズムで重視されるヘブライ語ではなく、東欧ユダヤ人の母語であるイディッシュ語を重視した点に、同時代のユダヤ人政治運動の中でのブンドの特徴がある。

イディッシュ語の革命歌

西村木綿

ここに訳出したのは、ロシア語・イディッシュ語作家のS・アン＝スキ（本名シュロイメ・ザインヴル・ラポポルト 一八六三―一九二〇）が、ユダヤ人社会主義労働者政党「ブンド」に捧げたイディッシュ語による詩であり、東欧にルーツをもつユダヤ系の人々の間で今日まで歌い継がれている労働歌・革命歌の代表的な二作である。

彼の多彩な活動のなかでもっともよく知られているのは、ユダヤ民俗文化《フォークロア》の調査・収集であり、その成果といえる戯曲『ディブック』であろう。[1] 世紀転換期のロシアでは、言語的・文化的にロシアに同化していた知識人層のユダヤ人の多くが、反ユダヤ主義とその反動としてのシオニズム（パレスチナにおけるユダヤ人国家の建設を目指す思想・運動）の興隆を受け、自らのユダヤ出自とその固有の文化へと関心を向けるようになっていた。

アン＝スキもまた、そうした知識人の一人であったが、フォークロアへの彼の関心は、彼が従事したロシアの革命運動、すなわちナロードニキ運動にも根ざしていた。のちに社会革命党の設立にも参与したアン＝スキは、その活動ゆえに逮捕歴もあり、一八九二年から一九〇五年まではロシア国外で過ごしている。〈涙の海〉と〈誓い〉は滞在先のスイスで、当地に集った「ブンド」と呼ばれる革命組織の亡命活動家たちと交流する中で書いた詩である。〈涙の海〉は、一九〇一年にベルンで開かれたブンドの集いで〈ブンドのために――人の涙の塩の海で〉という題で朗読された。〈誓い〉はその翌年、ブンドの機関紙に掲載されたのが初出で、のちにブンドの公式な党歌となった。

ブンドはマルクス主義系の社会主義政党で、アン＝スキが関わったナロードニキや社会革命党とは、革命の戦略や展望を異にする。だがそうした違いを超えて、アン＝スキはブンドを称賛のまなざしで見ていたようである。〈涙の海〉から読み解いてみよう。

〈涙の海〉は、海とその奥底にある谷（海溝）の暗喩を用いながら、一九世紀末ロシアのユダヤ人社会の変動を描いた作品である。第三連以降に記されるロシア・ユダヤ人の階層分化と社会的分裂が、全体を貫く一つのモチーフとなっている。人口五二〇万人の当時のロシア帝国のユダヤ人は、職業構成では手工業生産に従事する「労働者」つまりは「職人」と、主に小売業に従事する「商人」とが大半を占めた。詩ではその中の最下層の人々が流した「血の涙」が、海の奥底に開かれた谷を満たすと描かれている。

しかしこの谷に注ぎ込まれたのは、貧者のみならず富者をも含むユダヤ人の涙である。ロシア帝国においては彼らもまた、ユダヤ人であることを理由に差別的地位に置かれ、ポグロムと呼ばれる反ユダヤ暴動の対象となってきた。とりわけ一八八一年にウクライナ地方を襲ったポグロムは、ロシア社会への同化を遂げつつあった知識人階層（詩ではマスキリームと言及される）に衝撃を与えた。彼らは、古代イスラエルの地における祖国の再興を求めてシオニズム運動を起こし、同胞のユダヤ人に、古代の神殿崩壊後いわば「聖なる墓」となっているシオンへの回帰を呼びかける。この呼びかけは、ラビ（ユダヤ教の律法学者）たちが説く、いつかメシア（救世主）が訪れ、死者を含む全てのユダヤ人が生きてシオンで再会する、というユダヤ教の教えとも重なる。

その呼びかけをアン＝スキは、ユダヤ人を中世の「ゲットー」に押し込めようとする反ユダヤ主義者の言説に等しいと批判する。[2] さらに、ポグロムやロシアの圧政によって、あるいは困窮によって命を落とす目の前の「殉教者」たちの苦しみに、なんら答えるものではない、とも（第六・七連）。

このように、聖俗のそれぞれの領域でユダヤ社会の上層階級をなしてきたシオニスト（詩ではマスキリーム）とラビたちを批判したのち、アン＝スキは「新たなメシア」の到来を告げる。それはユダヤ人として、そして下層階級民として、二重の抑圧を受けてきたユダヤ人労働者たち自身であり、彼らを一つの力に束ねる「同盟」、ブンドである。詩の中ではっきりと示されてはいないが、この「メシア」の新しさは、ユダヤ人の枠を越え、広く労働者の連帯に希望を見出す、インターナショナルな姿勢にあったといえるだろう。[3] その姿勢は、ユダヤ人でありながらロシアの農民の間に分け入ったナロードニキの一人、アン＝スキ自身の姿にも重なるといえるかもしれない。

アン＝スキは一九二〇年、『ディブック』の初演を見ることなく、心臓発作で死去した。三〇日の喪が開けて『ディブック』が初演を迎え、大成功を収めたのは、第一次世界大戦後にロシア・オーストリア・ドイツによる分割統治から独立を果たしていたポーランドである。そこは、ボリシェヴィキ革命後にロシアを追われたブンドの新たな拠点でもあった。およそ三〇〇万人のユダヤ人口を擁し、イディッシュ語による豊かな文化が花開いた土地でもあったが、政治・経済の不安定と反ユダヤ主義のために、ユダヤ人労働者をとりまく苦境は変わらず残った。ブンドはユダヤ人労働者とその家族を党や組合、児童・青年協会に組織し、窮乏化するポーランド・ユダヤ人社会の間で影響力を広げていった。〈誓い〉や〈涙の海〉をはじめとするイディッシュ語の歌は、集会やデモンストレーションなど、ブンドの運動のさまざまな場面で歌われた。[4]

おそらくこれらの歌は、第二次世界大戦の開始後、彼らが強制的に収容され、最終的には絶滅収容所への経由地点となった、ナチス・ドイツ支配下の各地のゲットーでも歌われたことであろう。

ホロコーストを経て、東欧のイディッシュ語世界は消滅した。東欧ユダヤ系移民が多く集まるアメリカ合衆国やオーストラリアでは、ブンドの系譜をひく労働者団体が戦後も命脈を保った。イディッシュ語話者が減少し、社会主義運動が世界的に下火となる中、これらの団体の規模は縮小し、活動の重心は成員の相互扶助と東欧ユダヤ人の歴史的記憶や文化の継承へと移行している。中でもイディッシュ語のコーラスは各地で見られる活動である。〈誓い〉と〈涙の海〉それぞれの原タイトルのローマ字表記、"Di shvue"、"In zaltsikn yam"をインターネットで検索すれば、これらが今なおも世界各地で歌われている様を目にし、今なお生きるイディッシュ語を、哀愁漂う旋律とともに聴くことができる。

〈涙の海〉は イディッシュ語による全一五巻のS・アン＝スキ選集（*Gezamelte shriftn*, Vilno–Warsaw–New York, 1920–1925）の第八巻、一五五—五七頁収録の"In zaltsikn yam"より訳出した。〈誓い〉"Di shvue"は同書の目次に所収が示されているものの、該当ページ（一五四頁）には詩のタイトルが書かれるのみで本文が欠落している。そのため、Gabliella Safran and Steven Zipperstein eds, *The World of S. An-sky: A Russian Jewish Intellectual at the Turn of the Century*（Stanford University Press, 2006）付属CDのライナーノート三六頁より訳出した。

なお〈涙の海〉の翻訳にあたっては、赤尾光春氏の助言を頂いた。記して感謝申し上げます。

1　S・アン＝スキ／ヴィトルト・ゴンブローヴィチ『ディブック／ブルグント公女イヴォナ（ポーランド文学古典叢書第五巻）』西成彦編、赤尾光春・関口時正訳、未知谷、二〇一五年。アン＝スキと『ディブック』については、本書所収の解説も参照されたい。

2　詩の中で用いられる「永遠のユダヤ人」は、ユダヤ人はイエスを十字に架けて殺したが故に、神の罰を受けて祖国を失い永遠に放浪している、というキリスト教会の教えを指すものと思われる。近代以降に展開する国民主義や人種主義に基づく反ユダヤ主義言説とは区別されるものの、その基層部分にある観念の一つである。なおこの箇所の「ユダヤ人」という語には、イディッシュ語の「yid」ではなく、ユダヤ人を指して軽蔑的に用いられる「zhid」というロシア語が用いられている。

3　〈誓い〉と〈涙の海〉執筆時、アン＝スキはフランスの革命歌の研究をしており、国際労働運動の歌〈インターナショナル〉をイディッシュ語に訳してもいる。

4　ほかにもさまざまな作詞者・作曲者による（あるいは作詞者・作曲者不明の）歌が歌われたことが、戦前・戦後に編まれた複数の歌集から確認できる。

奴隷船（海の悲劇）

カストロ・アルヴェス

I

今は大海原の真っ只中……気の遠くなるような空間
月明かりが戯れる　――　黄金の蝶
そして、月明かりに照らされた波が走り……疲れ果てる
はしゃぎ好きの子供の一団のように

今は大海原の真っ只中……天空から
星々が黄金の泡のように飛び出す
海はそれに応えて燐光を発する
――　液体の宝物の連なり

今は大海原の真っ只中……二つの果てしない存在が
狂ったように抱きあって交わる
紺碧で、黄金色で、穏やかで、崇高な……
ふたつのうち、どちらが天空で、どちらが大海なのか？……

今は大海原の真っ只中……帆が開かれた
海風の熱気に向けて
ブリグ船[1]は水を切って海上を進む
波のすれすれを飛ぶツバメのように……

どこからきたのか？　どこへ向かっているのか？　海上を走る船の
行く先をだれが知ろうか　これほど広大な空間の中で
この砂漠において駿馬の群れは砂埃を上げ
疾走し、舞い上がる　足跡を残さずに
大いに幸せなことだろう

この光景から荘厳さを感じとれる者は！……
下には　――　海……上には　――　空
そして海と空には　――　無限！

おお、なんと心地よい微風よ！
なんと甘い、遠くに響く音色よ！
神よ！　なんと崇高な熱い歌声だこと
あてもなく、いつまでも波間に浮かんでいる！

海の男たち！　荒々しい船乗りたちよ
四つの世界の太陽に焼かれて浅黒くなった！
時化《しけ》を子守唄として育った子供たちよ
この深い海という揺籠の中で！

お待ちなさい！……お待ちなさい！……私に
この荒々しい自由奔放な詩を堪能させてくれ……

オーケストラを　――　舳先にぶつかる海の唸り声と
ロープを揺らす風の声の……

なぜそなたは逃げるのだ、軽快な船よ？
なぜ臆病者の詩人から逃げるのだ？
おお！　おまえを見失わなかったのは
海の上の航跡のせいだ　――　狂った彗星の尾のような！

アルバトロス！　アルバトロス！　大海のワシよ
雲の中に眠るそなた
翼を羽ばたかせよ　空中のレビアタン[2]
アルバトロス！　アルバトロス！　その翼を私に与えよ

Ⅱ

船乗りに揺籠は関係ない
どこの生まれか、家はどこかなど

いにしえの海から教えられた
詩の韻律を愛するのみ！
歌え！　死は高貴であると！
船は船首を風上に向けて進む
すばやいイルカのように
後方のマストに結びつけられた
懐かしい旗が揺れる
過ぎ去る波にまかせて

スペイン人のカンティレーナ[3]は
艶めかしいダンスにあわせて歌われ
小麦色の娘たちを思い出させる
年頃のアンダルシア娘たちを！
怠惰なイタリアの息子は歌う
まどろんだベネチアを
――愛と裏切りの地

あるいは避難地の湾
タッソ[4]の詩句を思い出させる
火山の溶岩とともに！

英国人は　――　冷徹な船乗り
生まれた時にはすでに海上にいた
（なぜなら、英国は
神が海峡[5]に停泊させた　船だから）
力強く栄光の祖国を歌う
誇らしげに
ネルソンとアブキール湾[6]の歴史を想起しつつ
フランス人は　――　運命づけられている
過去の勝利を歌う
未来の栄誉もまた！

古代ギリシャの船乗りたち

イオニアの波が育てた
褐色の偉丈夫な海賊たち
オデッセウスが横断した海の
ペイディアス[7]が彫琢した男たちは
晴れた夜に歌うだろう
ホメロスが呻いた詩句を……
全ての地の船乗りたちよ
汝らは波の中に
天のメロディーを見いだすことができるのだ！……

Ⅲ

無限の空間から舞い降りよ、おお、大海のワシよ！
もっと……もっと舞い降りよ……人間の目では見ることができない
おまえの目ように、飛ぶかのごとく進む船の中を見ることは！
しかし、私の目に映るあれは何なのだ……何という苦悶の様相！
死の歌！……ゾッとする形相の人々！……

卑劣で破廉恥な光景……ああ神よ！　ああ神よ！　何という恐怖！

Ⅳ

それはダンテ風の夢であった……後甲板
天窓から注がれた光は
　血染めの形相を照らし出す
鉄が軋み……ムチが唸る……
夜のように漆黒の人間の群が
　おぞましいダンスを踊っている……

黒人女性たちが、乳房をくわさせているのは
痩せた子どもたち、その黒い口は
　母親の血で濡れている
別の女たち、若い女たちが、裸で慄《おのの》いたまま
亡霊の嵐の中を引きづり回されている
　虚しい熱望と苦悩のうちに！

そして、皮肉なオーケストラが笑う、甲高く……
そして、幻の輪舞から蛇が
　狂気のとぐろを巻く……
年寄りの男が身をよじり、床に倒れると
叫び声が聞こえ……ムチが唸る
　そして、叫び声がもっと、もっと響く

たった一本の鎖の輪につながれた
飢えた群衆がよろけ
　泣き、そしてダンスを踊る！
ある者は憎しみに猛り狂い、ある者は気がふれ
またある者は、拷問によって野獣と化し
　歌い、呻き、そして笑う！

しかし、船長はやり方を命じる
そして、海の上に広がる

澄み切った空を見つめた後
濃い霧に立ち上る煙の中から言い渡す
「しっかりムチを振り下ろせ、船員ども！
　連中をもっと踊らせてやれ！……」

そして、皮肉なオーケストラが笑う、甲高く……
そして、幻の輪舞から蛇が
　狂気のとぐろを巻く……
ダンテ流の夢の中を、人々の影が舞い上がる！
叫び声、呻き声、呪い声、哀願が響きわたる！
　そして、悪魔が笑う！……

V

不幸者たちの神よ！
申されよ、神よ！
狂気なのか……真実なのか

天の前のかくまでの恐怖は⁉
おお、海よ、何故に拭《ぬぐ》わないのか
汝の波の海綿で
この不名誉を？……
星よ！　夜よ！　嵐よ！
無限の空間から舞い降りよ！
台風よ、海を掃き清めよ！

これらの不幸者はだれなのだ
汝には
死刑執行人の怒りを焚きつける
群衆の物静かな笑いしか見出せない、これらの人々は？
だれなのだ？　星は黙る
波は足早に過ぎ去る
まるで逃げ足の速い共犯者のごとく
夜の闇の中に……

答えられよ、容赦ないムーサ[8]よ
この上なく自由で、厚かましいムーサよ！……

砂漠の息子たち
そこでは大地が光と結ばれる
広野に
裸の男たちの部族が暮らす……
勇敢な戦士たち
斑点のある野獣と
孤独の中で戦う
素朴で力強くて勇敢な男たち……
今は惨めな奴隷
光もない、空気もない、理性もない……

不幸な女たち
かつてのハガル[9]がそうであったのと同じように

喉は渇き、やつれ果て
遠くから……ずっと遠くからやって来る……
弱々しい足取りで
腕には息子たちと手枷《てかせ》
魂には　――　涙と憎悪……
ハガルが苦しんだのと同じように
悲しみの寝床すら
イシュマエルには与えられない

果てしない砂漠で
故国のヤシの木から
産まれたのだ　――　可愛らしい子供たちが
暮らしていたのだ　――　優しい娘たちが……
ある日、隊商が通りかかる
小屋には生娘がいて
夜の帳が降りる……

……さようなら、山の小屋よ
……さようなら、泉のヤシの木よ！
……さようなら、愛よ……さようなら！

その後は、広大な砂漠……
その後は、もうもうたる砂埃
その後は、無限の地平線
砂漠……どこまでも砂漠……
そして、飢え、疲れ、渇き……
ああ！　どれだけの不幸に打ち負かされたことか
そして、倒れたら二度と起き上がれない！……
檻《おり》の中をフラフラする
しかし、砂漠のジャッカルは
死体を見つけてかじりつく

昨日はシエラレオーネ

戦争、ライオン狩り
気ままな眠り
広々とした天幕の中！
今日は……暗く、奥まった船倉
悪臭を放つ、狭く、不潔な
ジャガーの代わりに病気がはびこり
眠りは常に破られる
死者を引きずり出し
海に投げ入れる音で……

昨日は完全な自由
みなぎる意欲
今日は……残虐の極み
死ぬ自由さえない……
皆を一本の鎖でつなぐ
――　鉄製の、陰気なヘビ

奴隷制のとぐろの中で
こうして死を嘲笑し
陰気な人の群れが踊る
鞭の音に合わせて……冷笑！……

不幸者の神よ！
申されよ、神よ
私が見ているのは幻なのか……それとも真実なのか
天の前のかくまでの恐怖は⁉……

おお、海よ、何故に拭わないのか
汝の波の海綿で
この不名誉を？……
星よ！　夜よ！　嵐よ！
無限の空間から舞い降りよ！
台風よ、海を掃き清めよ！

Ⅵ

旗を貸し与える民がいる
これほどの不名誉と臆病を覆い隠すために！……
そして、その旗をこの祭りの中で
冷酷なバッコス[10]の巫女の不純なマントに変える！……
神よ！　神よ！　これは何の旗なのか
恥ずかしげもなくマストに翻っている、この旗は？
静かに、ムーサよ……泣け、大いに泣け
汝の涙でその旗が洗われるように！……

わが故国の黄金と緑の旗
ブラジルの微風が口づけし、なびかせる
太陽の光に照らされて
希望の崇高な約束を包み込む旗……
汝よ、戦争の後の自由の旗よ

英雄によって槍の穂先に掲げられた
戦闘の中で襤褸《ぼろ》になる前に
民の経帷子《きょうかたびら》になれ！……

頭脳を砕く残忍な宿命！
今すぐに消し去れ　汚れたブリグ船を
コロン[11]が波間に拓いた
深海の上のきらめきのような航路を！
しかし、あまりの不名誉！……崇高な国の旗
立ち上がれ、新世界の英雄たちよ！
アンドラーダ[12]よ、その旗を引きずり下ろせ！
コロンよ！　汝の海の扉を閉ざせ！

（サンパウロ、一八六八年四月一八日）

注

1 ブリグ船：二本マストの快速帆船
2 レビアタン：旧約聖書に登場する海の怪獣。リヴァイアサン（英語）。
3 カンティレーナ：叙情的な俗謡
4 タッソ：トルクァート・タッソ（一五四四〜九四）。イタリアの詩人。この部分は、第一回十字軍を題材とした長編叙事詩「エルサレム解放」（一五八一年、邦訳：鷲平京子訳『エルサレム解放』岩波文庫、二〇一〇年）を連想していると思われる。
5 海峡：原文は a Mancha。イギリス海峡のフランスでの呼び名「ラ・マンシェ」のポルトガル語表記。
6 ネルソンとアブキール湾：一七九八年八月、ネルソン提督率いる英国艦隊が、エジプト北部アレキサンドリア付近のアブキール湾で仏艦隊に勝利した。
7 ペイディアス：紀元前五世紀のギリシャの彫刻家。
8 ムーサ：音楽や舞踏などを司るギリシャ神話の女神。ミューズ（英語）。
9 ハガル：旧約聖書で、アブラハムの妻サラの奴隷。子供のできなかったサラは、ハガルにアブラハムの子イシュマイエルを生ませるが、のちにイサクを産むと、二人を追放させた。母と子は、荒野で飢えと渇きに苦しんでいるところを神に救われる。
10 バッコス：ローマ神話の酒（ワイン）の神。バッカス（英語）。
11 コロン：コロンブス（英語）のこと。
12 アンドラーダ：ブラジルの「独立の父」と称されるジョゼ・ボニファシオ・デ・アンドラーダ・エ・シルヴァ（一七六三〜一八三八）のこと。サントス生まれのポルトガルの宮廷官僚。ペドロ一世の側近として、ブラジル独立に重要な役割を果たした。独立期から奴隷制反対を表明し、一八二三年の憲法制定会議では漸進的な奴隷制廃止を提案した。

「奴隷制の詩人」カストロ・アルヴェス

鈴木　茂

カストロ・アルヴェス Antônio Frederico de Castro Alves（一八四七〜七一）は、ブラジルのロマン主義詩人。四七年三月、バイーア州の州都サルヴァドールの前に広がる湾の反対側、レコンカヴォ地域にある農場で生まれた。祖父はポルトガル人で、父親は一八一八年にサルヴァドールで生まれ、医学の道に進んだ。母親は独立戦争に従軍した軍人の娘である。カストロ・アルヴェス自身は父親のバイーア医科大学赴任にともない、家族とともに七歳でサルヴァドールに転居し、中等教育までをそこで終える。

早熟な詩人で、中等学校時代から自作の詩を朗読して絶賛を浴びた。ここで紹介した「奴隷船」が収められている詩集『奴隷たち』は、大学浪人中の一六歳から書き始めて、一八歳ごろにはほとんど完成していた。文学史上、ブラジル・ロマン主義の詩人として位置づけられているが、何よりの特長は、一九世紀の啓蒙主義と文明化の世界的潮流の中で、いちはやく奴隷制の非人道性を訴えたことにある。詩集『奴隷たち』に所収されている最初期の作品「アフリカ人の歌 Canção do africano」は、一六歳を迎えたばかりの一八六三年五月、大学浪人生活を送っていたレシーフェの文芸誌『春』創刊号に発表されている。

「ジメジメした奴隷小屋の中／狭い部屋／コンロのそばの土間に座り／奴隷は歌を歌う／歌いながらさめざめと涙を流す／故郷を思い出しながら」と始まる詩は、故郷の情景が続いた後、「そこで男の奴隷は横になる／日の出前に／起き出さねばならぬので／（中略）そして不幸な女の奴隷は／黙ったまま子供を寝かしつける／悲しそうに口づけする／たぶん恐れているのだろう／主人が／眠っているうちに／子供を奪いに来ないかと！」で終わる。社会派詩人の面目躍如である。

ブラジルの奴隷制廃止は一八八八年五月であるが、カストロ・アルヴェスが生きた一八四〇年代後半から一八七〇年代初めは、奴隷制廃止への動きが本格的に始まった時期にあたる。一八五〇年九月、ブラジルは実効性のある奴隷貿易禁止法を制定する。一八五〇年代の米国での南北の対立は、一八六一年四月に戦争に発展するが、南北戦争と奴隷解放はブラジルにも反響した。一八六六年初め、皇帝ペドロ二世の指示で、内閣が新生児の解放を軸とした法案をまとめた一方、同年七月、ギゾー、ラブライエなどフランスの奴隷制廃止論者が、ペドロ二世に奴隷制廃止を勧告した。その結果、一八七一年九月、新生児の解放が実現する。カストロ・アルヴェスの死の二ヶ月余り後のことであった。

カストロ・アルヴェスはヴィクトル・ユゴーに傾倒していた。詩集『奴隷たち』に、ユゴーの小説『ビュグ・ジャルガル』（一八二六年、野内良三訳『ヴィクトル・ユゴー文学館　第七巻』潮出版社、二〇〇〇年、所収）に登場する詩が訳されている（「ビュグ・ジャルガルの歌」一八六五年九月）。この小説はハイチ革命に題材をとったもので、反乱軍を指揮した奴隷ビュグ・ジャルガルが、思いを寄せた白人女性に歌いかける歌詞である。最後の連「君は白く、僕は黒い／しかし、昼は醜く暗い夜と結ばれることが必要だ／光よりも、闇よりも美しい／黄昏と夜明けを生み出すために」は、黒人からの人種融和を提起しており、示唆的である。

カストロ・アルヴェスはレシーフェの法科大学に入学したものの、詩作や演劇に熱中したり、ポルトガル人女優と同棲したりして法学には身が入らず、留年を繰り返す。五年目の一八六八年三月、サンパウロの法科大学に移り、詩作のかたわら大学卒業をめざすことにする。「奴隷船」は同年九月七日に朗読したものであるが、すでにサンパウロにおいても「奴隷制の詩人」の名声を確立していた。

大海原で見かけた猛スピードで進む一隻の帆船は、おぞましい奴隷船であった。しかも、マストには自由の象徴であるべきブラジル国旗が翻っているではないか。この作品は、空と海の間に浮かぶ帆船をクローズアップさせ、視覚的にも訴える効果を発揮している。また、鎖やムチが発する音を「オーケストラ」に、鞭打たれる奴隷たちの苦悶を「ダンス」にたとえて、音や振動まで伝わってくるようである。

その後まもなく、狩猟に出かけて銃が暴発し、大けがを負って左足を切断する。また、かねてより患っていた結核が悪化し、一八七一年七月六日、二十四歳の生涯を閉じた。『奴隷たち』が完全な形で出版されるのは没後五十年の一九二一年であるが、それまでに多くの詩が人々に暗唱されるようになっていた。

Castro Alves, "Os escravos," in *Obra completa* (Rio de Janeiro: Editora José Aguilar, 1960), 277-284.

（参照）Castro Alves, *Os escravos*, Edição fac-similar (Rio de Janeiro, Francisco Alves, 1988), 141-153.

シャルロット・コルデーに捧げる

アンドレ・シェニエ

なんと！　真《まこと》であれ偽りであれ、見わたす限り、
腰抜けや背徳者が流す泪と悲痛な嘆きが、
あのマラー[1]を不滅の神とあがめる現在《いま》、
そしてこの下劣な偶像《かみ》のため、傲《おご》り高ぶった神官が、
厚かましき蛇のごとく、パルナソス[2]の泥底《そこ》から、
祭壇の足元にひれ伏し、卑しい賛歌《うた》を吐き出す現在《いま》

なんと、真実《まこと》は口を閉ざすのか！　その氷の口では、
舌は恐怖《おののき》に縛られ自由にならず、
輝く功績の殿堂へと推す顕揚《けんよう》の声すら遮られるのだ！
浅ましくも人生にすがりつくか、命の価値など無《なき》に等しいのに

疚《やま》しい軛《くびき》に思考がへつらい、怯えつつ、
人目を避け、心の奥底に隠れる現在《いま》

否《いや》、黙したままで君を弔うつもりなどない
自らの死を贖《あがな》いとして、祖国《フランス》を蘇らせること疑わず、
大罪に罰を下さんと日々を捧げた君、
神々が怪物マラーに人間の形を賜《たまわ》ったとき、
その神々を辱《おとし》めるため、そしてその過ちを正すために、
気高く偉大な少女よ、君の腕は剣《けん》を取った

不浄の洞窟から這い出た毒蛇《へび》の、
おぞましき命を過《ご》した毒入りの肌が、
君の揺《こゆ》るぎない確かな手で、ついに引き裂かれた！
屠《ほふ》るための牙で虎がむさぼり食らった
人間の蒼白《あおじろ》い手足、血を、
君は、虎の内臓《なか》から救いあげたのだ

死にゆく彼《やつ》の眼は、君が自らの手を祝福《ことほ》ぎ、
歓喜《よろこび》の極みでその獲物に見入るのを捉えた
君の視線《まなざし》が彼に告げしこと。「去《い》ね、狂った暴君よ、
行ってただちに、圧政者《なかま》が辿《たど》るべき道を準備せよ
血に浸ることのみ無上の快楽《たのしみ》であった暴君《おまえ》よ
今は自らの血に溺れ、神々のおわす様を思い知るが良い」

おお、麗《うつく》しき娘よ、かのギリシャならば、君の勇気を称《たた》え、
パロス[3]の島を掘り尽くし、君の像を設《しつら》え、
ハルモディオス[4]とその同士の近傍《かたわら》に据えるのに
そして聖歌隊《コロス》は君の墓の上、聖なる陶酔状態で、
玉座に居眠《まどろ》む邪悪を打倒《たお》す女神、
やがて来るネメシス[5]を賛美《さんび》するというのに

だが祖国《フランス》は、君の首を斧の下《もと》へと差し出すのだ
奴らの祝杯は、喉を切られ殺されし怪物《マラー》がために掲げられ、

仲間は群がる、同じ運命が待つことも知らず
ああ！ 君の口元に浮かぶは高貴なる軽蔑《さげす》みの微笑
この凶暴な悪党の頓死《むくろ》に復讐を企てた悪者《なかま》が、
死の脅しで君を蒼《あお》ざめさせせんとした時

蒼ざめるべきは彼等《やつら》の方だった、そう、胡乱《うろん》な判事《さばきて》、
恐ろしき元老院《せいじか》、付きしたがう虚仮脅《こけおど》しの小役人《さんした》たち、
怯えもなく、支持《ささえ》もなく臨《のぞ》んだ裁きの庭で、
君の持てる優雅《やさし》さと飾り気なき高貴《すずやか》な言葉に触れ、
悪政《わるだくみ》が猖獗《しょうけつ》をきわめんとも、
命を投げ出す人《むすめ》に敵すること能《あた》わずと、痛感せられし者ども

久しく、小気味良い陽気《ほがらか》を装い、
君はその窺《うかが》い知れぬ魂の迷路の奥に、
あの悪党が辿るべき宿命《さだめ》を隠していた
それはあたかも、密《ひそ》かに嵐を孕《はら》み、

山の頂に稲妻《いかづち》を落とし、海を舞い上げんとするため、
美しい紺碧の空が微笑むようだった

死を降《くだ》す者どもに向かって、麗しく、若く、輝かしく、
君は婚礼の花車《はなくるま》で進むかのごとく、
いざ処刑台に昇れば、穏やかに構え、曇りなき眼差しで、
こころ平《たい》らかに恩讐《あざけり》を受け流す
賤《いや》しくも媚《こび》へつらいながら、罵倒する時のみ、
自らの自由と主権《ちから》を信じこむその愚衆《たみびと》を

じつに自由とは美徳のこと、フランスの来し方《れきし》の誇りとなる者よ、
君の栄光《ひかり》は、我らの拭えぬ汚点《よごれ》とともに生き永らえる
唯一《ただひと》つ、君が真誠《まこと》の人《おとこ》となり、人《たみ》のため仇《かたき》を打ちし時
卑しい閹人《かんがん》たる我々は、気概《ほこり》も心もなく群群《むらむら》と、
女々しきお決まりの憾《うら》みごとをもらす術《すべ》はあれども、
いざ鉄を選《え》るとなれば、力を忘れたその手にははるかに重く

否《いや》、フランスの鎮魂に裏切り者をひとり贄《にえ》として捧げたにせよ、
祖国への報恩《むくい》に足らざるを知る、むろん君は、
その散《ち》り散《ぢ》りの国の破片《かけら》を、混沌から取り戻すこともなく
さてこそ火の消えかかる心を掻《か》き熾《おこ》し、
強奪《ぬすみ》、流血《ころし》、誹謗《そねみ》のあまり肥え太った
親殺しの連中《やつら》に歯向かわせ、短剣を呼び覚まそうとした

この泥沼にて、阿《おもね》りの悪党がひとり滅びた
それゆえ美徳が拍手を響《どよ》もす、凛々《りり》しく嘉《よみ》する
聴け、麗しき聖女《おとめ》を、聴け、その崇高なる声を
美徳よ、はびこる悪業を雷鳴《いかづち》が許し、
低俗の慣わしに汝を染める限りは、
ただ短剣こそ、大地が託せる希望《ねがい》、神聖なる武器に他ならぬのだ

注

1 マラー、ジャン＝ポール（一七四三—一七九三）。フランス革命（一七八九）期に活躍した政治家、ジャーナリスト。民衆を革命の原動力として賞賛、その人気は絶大だった。革命後の立法議会で「山岳派」（ジャコバン派のなかでも議会の高い議席に位置したためそう呼ばれる）の領袖として、ロベスピエールなどとともに恐怖政治を主導。一七九三年七月一三日、自宅で疥癬治療のための入浴中、ジロンド派信奉者の女性シャルロット・コルデーに刺殺された。その模様はジャック＝ルイ・ダヴィッド（山岳派）の絵でも有名だが、後にドイツの作家ペーター・ヴァイスによって戯曲化される（『マラーの迫害と暗殺』一九六七）など、多方面に影響を与えた。

2 パルナソス。ギリシャ中部ピンドス山脈、標高二四五七メートルの山。「世界のヘソ」とも呼ばれた古代ギリシャの聖地。麓にはアポロンを祀るデルフォイ神殿があり、「神託」を示したことでも知られている。

3 パロス。ギリシャの島。エーゲ海の中央に位置し、古代から歴史上の要衝として知られ、たびたび戦火に見舞われた。ミロのヴィーナスは、パロス島産の大理石で作られている。

4 ハルモディオス。（?—前五一四）歴史家トゥキュディデスも記した古代アテナイの美青年。市民アリストゲイトンの恋人で、二人は三角関係のもつれから僭主ヒッピアスの暗殺を企てるが失敗。後世、二人は僭主殺しの英雄としてたたえられた。

5 ネメシス。ギリシャ神話に登場する「復讐の女神」。ただし、正確にはネメシスとは「義憤」の意であるという。有翼の女神として、絵画や彫像に描かれることが多い。

剣を取る聖女

大岩昌子

「アンドレア・シェニエ」といえば、真っ先に思い出すのがジョルダーノ作曲のオペラではないだろうか。そのせいか、シェニエが実在の人物とは知らない人も多い。

アンドレ・シェニエ André Chénier（一七六二―一七九四）はフランス革命の時代、「国家反逆」の罪状で断頭台に散った若い詩人だった。

シェニエの父親は、フランス人貿易商として滞在していたコンスタンチノープルにて「ギリシャ人」女性と結婚、シェニエはこの地で三歳まで過ごした。一七七三年、パリのナヴァール学院に入学、八〇年の卒業までに、ギリシャ語、ラテン語など古典への造詣を深める。コンドルセなどを輩出した、啓蒙思想を教育に取り入れた自由な校風で知られた学校であった。

在学中の十六歳頃から詩作を始め、古代の詩人たちを拠りどころとした作品が高く評価される。詩作を続ける一方、一七八七年には、ロンドンのフランス大使の私設秘書となった。休暇でパリとを行き来していたが、九一年には大使秘書を辞し、完全に帰国する。この年の十一月、「Journal de Paris」の協力者として、革命のジャーナリズムに参加。当初、革命に賛成の立場であったシェニエだが、行き過ぎた理不尽な革命に、批判的立場を強く打ち出していく。こうした行為から、九二年にはすでに当局に目をつけられ、九三年はヴェルサイユで逃亡生活を送った。ロベスピエールがジロンド派を追放、恐怖政治を敷き始めた年である。

翌九四年三月七日、パッシーにて逮捕。七月二十五日、革命裁判にかけられ、同日、処刑された。皮肉なことに、その命を下した当のロベスピエールもまた、詩人の処刑からわずか三日後、テルミドールの反動で断頭台の露と消えた。

　十八世紀後半、さまざまな分野で「古代への回帰」le retour à l'antique の潮流があった。美術では、シェニエとも親交のあった革命派の画家ジャック＝ルイ・ダヴィッドを代表とする「新古典主義」néoclassicisme が名高い。シェニエも古代ギリシャの詩を典拠にしていることから、「新古典主義」の詩人と分類される向きもあるが、こうしたラベリングは不十分であろう。彼の詩にはそのようなレッテルをはみ出す力強さと輝きがある。むしろ「ギリシャ人」の母親をもつという意識が、その詩の古典的な独自性を生みだしたのではないか。さらに、Guitton（一九九五）が述べるように、もし、彼がこの時代を生き延びていたとすれば、啓蒙思想とロマン主義の間に存在する、形容しがたい断層を描きだしてくれたかもしれない。

　今回訳し出した詩、「シャルロット・コルデーに捧ぐ」A MARIE-ANNE-CHARLOTTE CORDAY は、「頌歌集《オード》」に収録されている。シェニエの代表作とはいえないが、フランス革命のまさに当事者がその渦中に書いた詩ということで、当時の人間が抱いていた激しい感情の発露、理想像の希求などが、直接的に我々に訴えかける稀有のものとなった。

　タイトルであるシャルロット・コルデーについて。九三年七月一三日の夜、彼女は革命指導者のジャン＝ポール・マラーを、パリの彼の自宅で刺殺した。即刻捉えられ、四日後の七月一七日、革命裁判所法廷が死刑を宣告、即日処刑された。シェニエ処刑のほぼ一年前のことである。

　詩の内容は、コルデーがまさに法廷で死刑宣告を受け、革命裁判所から処刑場に連行される様子を描写したもの。民衆がマラーを英雄視するのに対し、シェニエはコルデーの暗殺行為を英雄視する。シェニエは詩のなかで、目の当たりにした当時の出来事を、ギリシャの価値観・

美学の世界に移動させていくが、新古典主義が陥りがちな輪郭のはっきりした冷たく遠い過去の話にはならず、声が聞こえてくるほどの生き生きとした光景に仕立てることに成功している。

暗殺時の様子は、先のダヴィッドによる《マラーの死》でよく知られる。この絵は、マラーを理想化し英雄として描きだした。こうして絵画がその美的な描写で視覚的に事実を隠蔽する一方、シェニエのこの詩は、ほぼ脚色されない素朴な内容でコルデーの勇気を讃えている。そこには、正しくないことを正すという普遍的なメッセージがこめられており、現代にも通じる闇に射す新しい一筋の光すら感じられるのだ。

参考文献

安達正勝『マラーを殺した女　暗殺の天使シャルロット・コルデ』二〇二〇。中公文庫。

鯨井佑士『アンドレ・シェニエとその時代』一九九八。駿河台出版社。

Edouard GUITTON, « L'Antiquité pour la modernité dans l'inspiration d' André Chénier », *Dix-huitième Siècle*, n°27, 1995, pp. 191-199.

Jean STAROBINSKI, « Une leçon de flûte », *Langue française*, n°23, 1974, pp. 99-107.

Guillaume MAZEAU, « Le procès Corday : retour aux sources », *Annales historiques de la Révolution française*, n°343, 2006, pp. 51-71.

星を数える夜

尹東柱《イドンジュ》

季節が過ぎ去る空には
秋がぎっしりとみなぎっています。

私は何の心配もなく
秋の中の星たちをみな数えることができそうです。

胸の中にひとつふたつ刻まれる星を
まだ数えられずにいるのは
たやすく朝が来てしまうからであり、
明日の夜が残っているからであり、
まだ私の青春が尽きていないからであります。

星一つに追憶と
星一つに愛と
星一つに寂しさと
星一つに憧れと
星一つに詩と
星一つにオモニ、オモニ、

オモニ、私は星一つに美しいことばを一つずつ唱《とな》えてみます。小学校で机をともにした子供たちの名前と佩《はい》、鏡、玉これらの異国少女らの名前と、はやくも母となった乙女たちの名前と、貧しい隣の人たちの名前と、鳩、子犬、兎、ラバ、鹿、「フランシス・ジャム」「ライナー・マリア・リルケ」、このような詩人の名前を詩《うた》ってみます。

彼らはあまりにも遠くにいます。

星が遥かに遠くにあるように、

お母さん、

そしてあなたは遠く北間島《きたまじま》にいます。

私はなにやら恋しくて
こんなにも星の光が降り注ぐ丘の上に
私の名前を一字一字書いてみては
土でおおってしまいました。

夜を明かして鳴く虫は
恥ずかしい名前を悲しんでいるからです。

しかし冬がすぎて私の星にも春が来れば
墓の上に蒼い芝生が生えるように

私の名前の一字一字が埋もれている丘の上にも
誇らしげに草が一面に生い茂ることでありましょう。

（一九四一、十一、五）

金《キム》素《ソ》月《ウォル》

つつじの花

わたしの顔など見たくもないと
立ち去っていくつもりならば
なにも言わずにあなたのことを
そのまま行かせてさしあげましょう

寧邊《よんぴょん》にある薬山《やくざん》に咲く
つつじの花を　持ちきれぬほど
摘み取って　あなたの歩む
その足元に撒き散らしましょう

あなたの歩む道に置かれた
つつじの花を　ひと足ごとに
静かにそっと踏みしめながら
わたしの許《もと》を立ち去りなさい

わたしの顔など見たくもないと
立ち去っていくつもりなら
何があろうとあなたの前で
涙を見せたりするものですか

曠野《あれの》

李陸史《イユクサ》

はるかな日に
天が初めてひらかれ
どこかで鶏の声が聴こえただろうか

広がる山脈が
海を恋しがって馳けるときも
この土地ばかりは侵《おか》すことなどできはせぬ

絶えざる光陰のごとく
刻々と季節が咲いては移ろい
大河が初めて道をひらいた

今　雪が降り

梅の花の香りに包まれ
わたしはここに貧しき歌の種を撒こう

再び千古の時が流れ
白馬に乗った超人があらわれよう
この曠野で歌えよ　声高らかに

植民地統治の時代に生きた「ことば」

齋藤　絢

私たち人間にとって、「言葉」を抜きに感情を表現することはそう易しいことではない。言葉の体系は、物事を可視化し、そこに言葉を発する者の感受性が込められた、一つの表象物でもある。そんな風に考えてみれば、詩は作家が見た世界を可視化し、経験を通じて得た心の様相が投影された世界を表出しているといっても良いだろう。

柔らかな光に包まれた言葉もあれば、暗闇で掴《つか》みづらい言葉もある。どんな言葉にも、それらが紡がれた時空間があり、そこには必ず「心」の存在がある。

朝鮮の近・現代詩には、朝鮮半島が日本の植民地統治によって大きく揺れ、隣国の中国、ロシア、アメリカとの政治的な関係を背に、時に朝鮮半島の土地を越えなければならず、生き抜くことが精いっぱいだった人々の生き様が刻まれている。

今回とり上げた、尹東柱、金素月、李陸史は、いずれも朝鮮の近・現代詩人として名を残し、文学界を越え、広く韓国社会で愛されている人物たちである。彼らが生きた時代は、日本の植民地統治期にあたる。民族の独立と解放を願い続けてきた、朝鮮半島の時の流れのなかに詩の創作があった。

また、この詩人三名ともに、日本への留学経験がある。幼いころから勉学に励み、教養を身につけた詩人たちにとって、漢文、朝鮮語、日本語は、自分たちの視界に広がる朝鮮半島や、周辺国での経験と心の声を可視化した、人生そのものであったのではないだろうか。

これらの詩には、力強さ、美しさ、民族愛、家族愛、郷土愛がこめられている。詩人たちの生涯が決して長くはなくとも、確かに感じられる言葉の力と、朝鮮に広がる美しく尊い故郷への思いが、今も星、空、花、野原を駆け巡っている。

私たちは、時空を越えて紡がれた詩の世界を自由に解釈することができる。三つの詩には、この時代に生きる意味を考えずにはいられない言葉の響きが、確かに感じられる。

尹東柱《イドンジュ》（一九一七―一九四五）　中国吉林省東南部にある北間島《ブッカンド》で父・尹永錫《ユンヨンソク》と母・金龍《キムリョン》の長男として生まれた。延禧《ヨニ》専門学校（現在の延世大学校）の文科に進学、卒業記念に一八篇と『序詞』一篇を含む、計一九篇の自選詩集『空と風と星と詩』の出版を試みたが叶わず、自筆の三部中一冊が友人によって保管され、尹東柱詩集の原本となった。

二五歳で東京の立教大学文学部英文科に入学後、同年一〇月に同志社大学英文科に転学。ハングルでの詩の創作活動を、最後まで貫いた。一九四三年七月、独立運動の容疑で逮捕される。治安維持法第五条違反の罪により、福岡刑務所で二年間の牢獄生活を送り、一九四五年二月に死亡した。解放後、遺作の詩集『空と風と星と詩』（一九四八）が刊行された。「星を数える夜」はその代表作である。

金素月《キムソウォル》（一九〇二―一九三四）　朝鮮半島北西部の平安北道亀城郡で、父の金性燾《キムソンド》と母の張《チャン》景淑《キョンスク》の長男として生まれた。師匠の金億《キムオク》との出会いを経て、一九二〇年に文芸雑誌『創造』に「浪人の春」「恋しい」が掲載され、またプロレタリア文学が多数収録された文芸雑誌『開闢』に登壇、世間で脚光を浴びた。

翌年、東京大学商学科へ留学したが、関東大震災により帰郷。朝鮮小説作家金東仁《キムドンイン》とともに、文芸雑誌『靈臺』の同人となる。

詩集『つつじの花』が発表されたのは一九二五年。その後、事業を手がけたが良い方向に進まず、一九三四年に阿片の服毒により、三三歳の若さで自殺した。金素月はその短い生涯のなかで、一五四篇という驚異的な数の詩を書いた。『つつじの花』や『詩魂』は、その後の韓国の文芸界に多大な功績を残している。

李陸史《イユクサ》（一九〇四―一九四四）慶尚北道安東郡の源村里で、父・李家鎬《イカホ》と母・許吉《ホギル》の次男として生まれた。幼いころから祖父に漢文を習い、私立学校宝文義塾で新学問に没頭した。李陸史は、結婚後大邱《テグ》に移り住み、その後一年ほど日本に留学した。帰国ののち、抗日運動を目的とした義烈団に入団、北京に向かう。

朝鮮に戻り、義烈団の独立運動家として知られる張鎮弘《シンチャンホン》が計画した「朝鮮銀行大邱支店爆破事件」に関与したとの疑いで検挙され、二年七か月の監獄生活を送った。一九三一年に再び北京へ渡り、朝鮮独立軍のための資金調達をおこなった。

一九三二年、朝鮮軍官学校国民政府軍委員会幹部訓練班に入隊、卒業後、上海経由で朝鮮に帰国。日本の官憲に幾度も検挙され、投獄生活を送った李陸史は、権力に対して怯《ひる》むことなく、民族の独立と解放のために立ち上がった詩人として、韓国で名を残した。「青葡萄」や「花」は、代表作として今もなお人々に愛され続けている。

告解

アルキポエタ

1

激烈な怒りに我が身の内を燃やしつつ、
心に秘めた苦しみに向かい告白しよう。[1]
軽い元素の素材からこしらえられた
俺はあたかも風が弄ぶ木の葉のよう。

2

堅固な岩に土台を据えて居所《きょしょ》構えるが、
賢い者のなさりようというもの。[2]
されど愚かな俺は流れる川のよう、
空の下、決して止まらず流れゆく。

3

船乗りを欠く船のごとくに俺は運ばれ、
それはあたかも空の道、さまよい渡る鳥のよう。[3]
枷であろうと鍵であろうと俺を縛れはしないのだ。
俺は似た者探してまわり、ごろつきどもの仲間に入る。

4

心の重さは、重荷であると俺には思える。
戯言こそが愛すべき、蜜などよりも甘きもの。
ウェヌス[4]命じることならば、労苦であれど甘いのだ。
されど彼女は、決して怠惰な心に留まることはない。

5

若者の習いに従い、大道[5]を俺はゆく。
俺は自分を悪徳で包み込み、美徳などには知らぬふり。
健康よりも悦楽を熱心に追い求め、
魂はとうに命尽き、気にするものは肉の悦び。

6

いと高貴なる大司教様[6]、貴方に慈悲を願います。
俺は良き死を死にましょう、あるいは甘き殺され方で殺されましょう。
俺の胸を傷つけるのは、乙女らの魅力と美しさ。
彼女らを触れること叶わぬならば、せめて心で不貞をなそう。[7]

7

本性に打ち克つことは、何にもまして難きこと。
乙女見ながらおのが心を清く保つもまた同じ。
若者なれば厳しい法には従えぬ。
嫋やかな身体見て欲望抱かぬこともできぬ。

8

一体誰が、火の中に投じられ焼かれずに済むだろう？
一体誰が、パピア[8]にいて罪犯さずに済むだろう？
かの地では女神ウェヌスがその指で若者を狩り、
その目でもって罠にかけ、そのかんばせで奪うのに。

9

もしも本日ヒュッポリュトス[9]をパピアに連れて来たなら、
次の日来ればその者は、ヒュッポリュトスと言えぬだろう。
あらゆる道がウェヌスの寝所に誘い、招き入れ、
塔数多く並び立つ中、美徳の塔は一つとてない。

10

続いて俺が責め立てられるは、賭け事のこと。
しかしそいつが俺を裸で放り出す時には、
身の外側は冷えてはいるが、心の中では熱病みたいに汗をかく。
そうして俺は素敵な歌とそれから詩をひねり出すのだ。

11

三番目には、とても大事な酒場のことを俺は語ろう。
俺は酒場を一度たりとも嫌ったことなく、これから先も嫌うまい。
聖なる天使降り来たり、「永遠の安らぎあれよかし」と
死にゆく俺に歌うのを、この両の目で見るまでは。

12

死ぬなら酒場、心底俺は思うのだ。[10]
死にゆく者の口のそばにはワインがあって、
そして天使が楽し気に、声をそろえて歌うのだ。
「どうか神様、この飲兵衛に憐れみを！」[11]

13

魂の灯に火を点すのは酒の杯、
ネクタルに浸りきり、[12]俺の心は高みへと飛ぶ。
大司教様に仕える者が水を加えた酒よりも、
ずっと甘いのを俺は酒場で味わっている。

20[13]

見よ、俺は自らの悪行の告発者へと成り果てた。
貴方様に仕える者は、俺をそうして責め立てる。
されど彼らは一人たりとも自らを告発などはしないのだ。
彼らとてありとあらゆる賭け事をして、人生楽しみたいだろに。

21

さてそれでは祝福された大司教様のご臨席のもと、
主がお定めの掟に基づく規則に従い、
もしも心が一つたりとも罪を知らぬと言うならば、
俺に向かって石を投げ、[14]そして詩人に容赦をするな。

22

自分のことで知ってることは、一つ残らず俺は話した。
そして長らく育んだ毒を飲み込んだ。[15]
昔の暮らしに俺は満足しないから、新たな習慣を喜ぼう。
人は見かけを見てるだけだが、神は心をご覧になる。[16]

23

今や美徳を俺は称え、悪徳には怒りを示す。
心を入れ替えあらためて、魂も生まれ変わる。
まるで生まれたばかりの赤子のように、新しい乳を飲み干すが、[17]
それは心を価値ないもので一杯の入れ物などにしないため。

24

ケルンの大司教となられた方、告解者をお赦しください。
そして赦しを願う者には、どうかお慈悲をお示しください。
そして罪を認める者には、贖罪をお与えください。
お命じになることはなんであれ、心から喜び耐え忍びましょう。

25[18]

百獣の王ライオンは、従うものには寛容で、
彼らに対し怒りを示しはいたしません。
世界を統べる方々よ、どうか同じく振舞われますように。[19]
甘さを欠いたことどもは、余りにも苦いのです。

注

1 ヨブ記 10.1「私は自分の嘆きを吐き出し／私の魂の苦しみの中から語ろう」以下、聖書の日本語訳は聖書協会共同訳を用いる。この部分の動詞について、一部の写本では loquor とする。その場合は、直説法現在で「告白する」という意味となる。この翻訳では、loquar という直説法未来もしくは接続法現在の形を採った。

2 マタイによる福音書 7.24「そこで、私のこれらの言葉を聞いて行う者は皆、岩の上に自分の家を建てた賢い人に似ている」

3 この部分は、オウィディウス『愛の歌』2.4.8「わたしは自らを操るすべての力と権利を失って、荒れ狂う水の流れに流される小舟のように運ばれる」と、知恵の書 5.10「それは波立つ水面を進む船のようである」同11「あるいはそれは、空中を翔る鳥の跡が／残らないのと同様である」の両方から影響を受けていると考えられる。

4 ウェヌスはローマ神話の愛と美の女神。

5 マタイによる福音書 7.13「滅びに至る門は大きく、その道も広い」

6 この大司教というのは、この詩人のパトロンでもあったダッセルのライナルトである。かれは神聖ローマ皇帝フリードリヒ1世の宰相を務め、一一五九年からはこの詩の第24連にもあるように、ケルンの大司教も務めた。
7　マタイによる福音書 5.28「しかし、私は言っておく。情欲を抱いて女を見る者は誰でも、すでに心の中で姦淫を犯したのである」
8　イタリアの都市パヴィアのこと。当時パヴィアは歓楽と淫蕩の街として悪名高かった。
9　ヒュッポリュトスは、自分の父テーセウスの後妻パイドラーから誘惑されたが、それに惑わされず貞操を保ったことから、中世には操の固さの象徴的な人物とされていた。エウリーピデースに彼の伝説に取材した悲劇がある。
10　オウィディウス『愛の歌』2.10.35-39.「わたしがウェヌスの運動で衰えてしまえますように。そしてわたしが死ぬときには、ことのただ中で溶かされますように。そして仲間の誰かが葬儀の時に涙ながらに『きみのこの死は、その生き方にふさわしい』と言ってくれますように」
11　ルカによる福音書 18.13「神様、罪人の私を憐れんでください」
12　オウィディウス『変身物語』4.252「と、たちまち、天の神酒に浸された体が溶けて消え、その香りで大地をうるおしました」（中村善也訳『変身物語』岩波文庫）
13　14-19連は、同じ詩人の別の詩（IV10-15）からの後世の挿入と考えられるため削除する。この削除は、Harrington, K. P. et al. 1997. Medieval Latin. University of Chicago Press. p. 568. に拠る。
14　ヨハネによる福音書 8.7「あなたがたの中で罪を犯したことのない者が、まず、この女に石を投げなさい」
15　キケロー『友情について』87「そのような者でも自身の苦い毒を吐き出す相手を誰か探さずにはいられないのだろう」
16　サムエル記上 16.07「人は目に映るところを見るが、私（＝神）は心を見る」
17　ペトロの手紙 一 2.2「生まれたばかりの乳飲み子のように、混じりけのない霊の乳を慕い求めなさい。これを飲んで成長し、救われるようになるためです」
18　いくつかの写本では、この後に5連の挿入があるが、これは別の作家による挿入であると考えられるため削除する。
19　エフェソの信徒への手紙 6.9「主人たち、奴隷に対して同じようにしなさい」

中世ラテン語の詩人

児玉茂昭

この詩の作者であるArchipoeta[1]の人物像については、生没年を含め、信頼できる同時代・後世の資料が一切存在しないため、一〇篇が残る彼の詩で、自らを語った部分や言及された出来事から推測するしかない。それらによると、彼の詩作は、彼のパトロンであるダッセルのライナルト[2]が大司教に選出され（一一五九年）、亡くなる（一一六七年）までの間に行われた[3]。彼は騎士階級の出身で、故郷を出たあと、ラテン語とラテン文学を学んだようである。

今回訳出した詩については、詩人本人が付けたタイトルは伝わらず、そもそもタイトルが付けられたかどうかも定かではない。ただし、既に一三世紀頃には、この詩は"confessio"「告白、懺悔」というタイトルで呼ばれていたらしい。

彼の生きた一二世紀は、アメリカの歴史家ハスキンズが一二世紀ルネサンスと呼んだ古典文化の復興期で、商業の復興とそれに伴う都市の興隆が法律などの実用的な知識を求め、その結果古典期のローマ文化を教える大学とそれを学ぶ学生が各地に現れた。彼らは放浪学生（Goliardus）と呼ばれ、当時絶対的権威であったカトリック教会を諷刺する詩を多く書いた。Archipoetaはそうした詩人たちの中でも最も有名な詩人の一人である。

彼の詩の言語である中世ラテン語は、古典ラテン語からかなり大きな変化を起こしている。たとえば音声的には二重母音のae, oeは単母音e（estuans < aestuans, mechor < moechor）になり、tiはci[4]（tercio < tertio）になっている。また文法的・語彙的な変化も大きく、彼の詩は、中世ラテン語の典型例としてまず興味深い。

もう一つの興味深い点は、いくつかの注（たとえば注1、2、3など）で示したように、彼が古典ローマの作家の韻文や散文、さらに聖書からの引用を巧みに組み合わせて縦横に駆使し、今回訳出した詩では懺悔の告白のパロディーの形を取ってユーモアを引き出している点である。とくに第一二連で、peccatori〝罪人〟をわずかに音の異なるpotatori〝飲兵衛〟で置き換え、ユーモラスな表現に仕立て上げた手際は非常に巧みである。それはおそらく、この詩人と同じく古典ローマの文学や聖書に広く親しみ、ユーモアを非常に愛好し、皮肉屋でもあった彼のパトロンの趣味にも合ったものだったのだろう[5]。

　彼の詩は中世を通じて非常に人気があったようで、少なくとも三五の写本が現存しており、有名なカルミナ・ブラーナにも収められている（一九一番）。今回の翻訳の典拠としたのは、それらの写本を校合し、詳細な注を施したWatenphul, H. and H. Krefeld. 1958. Die Gedichte des Archipoeta. Carl Winter. である。既に二つの邦訳があり、一つは永野藤夫氏によるもの（『全訳カルミナ・ブラーナ』筑摩書房）、もう一つは瀬谷幸男氏によるもの（『放浪学僧の歌』南雲堂フェニックス）である。今回の翻訳にあたり、両氏の訳業を参考にさせていただいた。ここで感謝の意を示したいと思う。

注

1 ギリシア語で「偉大なる詩人」を意味し、一種のあだ名と考えられている。

2 神聖ローマ皇帝フリードリヒ1世（1122–1190）の宰相として帝国のイタリア政策などに関与した。

3 Levine, R. 1995. "The Archpoet." in Dictionary of Literary Biography 148: German Writers and Works of Early Middle Ages:800-1170, pp. 8. J. Hardin: New York.

4 cはおそらく現代イタリア語のような破擦音[ʧ].

5 Godman, Peter 2000. "Chapter VI: Archness". The Silent Masters: Latin Literature and Its Censors in the High Middle Ages (1st ed.). pp. 191-227. Princeton: Princeton University Press.

Ⅲ

西風に捧げる詩《オード》1

P・B・シェリー

I

おい　暴れんぼう西風　おまえは秋っていうやつが吐き出す息、
目には見えないおまえに　死んだ葉っぱが吹き飛ばされる
幽霊が魔法使いから逃げるみたいに

黄色だったり黒だったり、蒼白だったり、熱で真っ赤になったり
疫病にかかった病人の大群だ。ああ　おまえは
舞い上がる木の実《たね》を

暗い冬の寝床へと追い立てて
木の実はみんな墓の中の死体のように、冷たく低く横たわる。

そのあとで　おまえの碧い妹、春がトランペットを吹き鳴らし、
まだ夢見ている大地を起こして、そして
野原や丘を　生きた色と香りでいっぱいにする
（羊を餌で誘うみたいに、頭上の枝から芳しい蕾を引っぱり出して）。
暴れんぼうの風　おまえは　あちらこちらで動き回る。
破壊の神であり維持の神。[2]聞け、ねえ、聞いてくれ！

Ⅱ

おまえの激しい流れに乗って、そびえる空の騒乱の中で
ちぎれた薄雲が　大空と大海の　もつれた枝からふるい落とされ
地上の枯れゆく葉っぱみたいに舞い――

雨と稲妻の伝令となる。おまえの波打つ空気の

青い表面には雲が広がる。
狂乱のメナードの頭で逆立つ髪[3]

きらめく髪みたいに
ほの暗い水平線の淵から、天の頂上までも――
近づく嵐のみだれ髪。おまえは死にゆく一年の

葬送歌。更けていくこの夜は
巨大な地下墓所の丸天井となるだろう
蒸気の力を集めて作った天井――

その硬い天井は大気、そこから
黒雨や炎や雹が爆発する。ねえ、聞いてくれ！

III

おまえは青い地中海を
夏の夢から目を醒まさせた。
バイアの入江[4]の溶岩島の横で
澄んだ流れの渦にあやされて寝ていたのに。
海底に沈む古代の宮殿や塔が　波をとおした陽の光のなかで
ちらちら揺れ動くのを　眠りながら見ていたのに。

遺跡は青い苔や花のような海藻におおわれ
とても甘美で　思い描くと感覚が麻痺してしまう！
おまえがとおると　大西洋のしっかり平らな海面が
裂けて溝になり　深い海底では
しなびた海の葉を身にまとうイソギンチャクや
泥にまみれる海草の森も

おまえの声に気づき　とつぜん恐怖で蒼ざめ
震え　壊れていく。ねえ、聞いてくれ！

Ⅳ

おまえの吹き上げる枯れ葉になりたい。
おまえと一緒に空を飛ぶ雲になりたい。
おまえの力のもとで息を吐きだす波となり

その強い推進力を分けてもらいたい――
おまえほど自由ではないにしても。この手に負えない暴れんぼう！
もし　子供のときみたいに天をまたぐおまえの放浪の

仲間となることができるなら――おまえの天翔けるスピードを
越えるのも幻だとは思えなかったあの頃のように。
そうだったら　こんなふうに必死になって

おまえに祈り、訴えたりはしなかっただろう。
ああ、波みたいに、葉っぱみたいに、雲みたいに、舞いあげてくれ！
おれは棘だらけの生命のうえに落ちる！　血を流す！

時間の鎖が　おまえにそっくりなおれを縛りつけ、押しつぶす——
奔放で、すばしっこくて、誇り高い　このおれを。

V

森はおまえの竪琴なんだろ——おれも、おまえの竪琴にしてくれ。
森みたいに　おれの葉が散っていっても構わない！
おまえの壮大なハーモニーが騒ぎ出して
おれからも森からも　深い秋の音色を引き出す——
悲しいけれど甘い音色。獰猛な精よ

おれの精神となれ！　おれ自身になれ、激しい風よ！
おれが世界について考えた、死んだような観念を
枯葉みたいに吹き飛ばして、新しい誕生を早めてくれ！
そして、この詩を呪文にして

消え残る暖炉の　燃え殻と火花みたいに
おれの言葉を撒き散らしてくれ、人類すべてに！
予言のトランペットとなって　おれの口をとおして

まだ目覚めぬ大地へ叫べ！　おい　風
冬がくれば　春は遠くないんだろ？

エミリー・ブロンテ

わたしの魂は臆病な魂じゃない

わたしの魂は臆病な魂じゃない
嵐に掻き乱されるこの世の中で　震えたりしない
天の栄光が輝いているのが見える
そして信仰も同じく輝き、恐怖に負けない力を与えてくれる

ああ　この胸の内にいる神よ
いつもここにいる、全能の神よ！
生命――わたしのなかで眠る生命よ
わたしは――不死身の生命――あなたのなかに力を得る！

人々の心を動かす数千の教義なんて無駄
口にできないほど虚しい
枯れ草のように無価値で

果てしない海原に浮かぶちっぽけな泡のよう
無限のあなたに　じっとすがりつくわたし、
疑いなんてわいたりしない
不滅の強固な岩に
こんなにしっかりとつなぎ止められているのだから。

愛の手を広く遠くまで伸ばし、
あなたの霊は永年の月日に生命を与え
天上に行き渡り　覆いつくす
変わり、支え、壊し、創り、育てる

大地も月も消えさり
太陽も宇宙もなくなってしまっても
あなただけ残っているのなら[5]
あらゆる存在は　あなたのなかに存在するだろう

死の入る余地なんてない
死の力が無にできるような原子など　ひとつもない
あなたは――あなたは生命、あなたは息吹
そして　あなたの存在が　破壊されることなどありませんように。

注

1 表題のオード Ode は頌歌や賦とも訳され、古代ギリシャでは合唱詩を指していた。イギリスではもっと自由な形での抒情詩として、人や物、抽象的概念に語りかけるものが多い。シェリーの詩では詩人が風に向かって語りかけ、その激しく自由な想像力が西風に託され表現されている。風は秋の景色を破壊していく一方、春の準備をする。

2 インドの神、シヴァとヴィシュヌ。

3 酒と豊穣の神ディオニュソスを信奉し、熱狂して踊る女。

4 ナポリ西側の入江。ここには、海底に沈んだ古代都市がある。

5 「不滅の強固な岩」（"The steadfast rock of Immortality"）といったイメージや、「大地も月も消えさり　／　太陽も宇宙もなくなってしまっても　／　あなただけ残っているのなら」（"Though earth and moon were gone / And suns and universes ceased to be / And Thou wert left alone"）といった言葉は、エミリー・ブロンテの小説『嵐が丘』における、キャサリンのヒースクリフに対する愛の告白と響きあう。

英国のロマン派詩人たち

甲斐清高

英国詩において、十八世紀末から十九世紀の初頭にかけては、ロマン主義の時代と見なされる。ロマン主義は、さまざまな分野にまたがる大きな芸術運動であるが、英国においてはもっぱら詩の分野を指すことが多い。ロマン派詩人の第一世代としてウィリアム・ワーズワースやサミュエル・テイラー・コールリッジ、そして第二世代としてジョージ・ゴードン・バイロン、パーシー・ビッシュ・シェリー、ジョン・キーツらがとくに名高い。それまでの啓蒙主義に反発し、理性や知性よりも、感性や想像力、そして個人の自由を重んじる、という特徴を持つとされる。

今回は、ロマン派の詩から、シェリーの詩を一編、そして、ロマン派と見なされることも多い詩人、エミリー・ブロンテの詩を一編、紹介している。

パーシー・ビッシュ・シェリー　Percy Bysshe Shelley（一七九二―一八二二）は、英国ロマン主義の第二世代を代表する詩人のひとり。裕福な家庭に生まれ、オックスフォード大学に進んだが、一年生の時に無神論的なパンフレットを書き、それを撤回しなかったために退学処分となる。その後、十六歳の女学生と駆け落ちし、二十歳で父親になる。ロンドンに移り、急進的な思想家、ウィリアム・ゴドウィンに近づくと、その娘メアリー（後に『フランケンシュタイン』（*Frankenstein*）の著者となるメアリー・シェリー）と恋に落ち、今度はそのメアリーと駆け落ちして、ヨーロッパに行く。スイスやイタリアで生活するなかで、多くの重要な詩を書いた。一八二二年、友人とボート遊びをしているときに、嵐に襲われて溺死する。二十九歳だった。その急進的な思想、また奔放な生活のせいもあり、シェリーの評価は分かれている。

とくに権力による支配を憎み、権力に対して激しく反抗し、既存の宗教にも反抗する反逆の詩人であった。自由を求める力強い表現、個人の想像力への信頼は、非常にロマン主義らしい特徴であろう。彼が書いた劇詩、『解き放たれたプロメテウス』(*Prometheus Unbound*)は、不正な神々の権力に対する戦い、という問題を扱っている。

「西風に捧げる詩《オード》」("Ode to the West Wind")は、『解き放たれたプロメテウス』と同じころに発表された詩である。シェリーの詩の中でも最もよく知られており、日本でも親しまれている。この五つのソネット(十四行詩)から成る詩のなかで、最初の三部では風の破壊と再生の圧倒的な力が示され、第四部、さらに第五部では詩人が風と一体化したいという気持ちがダイナミックに表現されている。

この詩については、数々の日本語訳があり、とくに結びの句"If Winter comes, can Spring be far behind?"は、「冬来たりなば春遠からじ」という名訳で日本でも長いあいだ親しまれているが、今回は、少しくだけた調子で訳してみたつもりである。自分の激しい想像力を歌い上げる若い詩人の叫びを感じてもらえたら良いと思う。

エミリー・ジェイン・ブロンテ Emily Jane Brontë(一八一八―一八四八)は、小説家として有名なブロンテ姉妹のひとりであり、詩人としても評価が高い。シェイクスピアのほか、ワーズワースやバイロンの影響を強く受けており、ロマン派に属する、あるいはロマン派の跡を継ぐ詩人と見なされている。彼女の詩のイメージは、ゴシック的なものが多く、また人生のはかなさというテーマ、内省と自由な想像力などは、ロマン派詩人との結びつきを示している。

エミリー・ブロンテはイングランド北部のヨークシャー地方、荒れ地《ムーア》に囲まれた土地で育った。父は牧師。エミリーの教育は、ほとんど父の牧師館のなかで行われた。ブロンテ姉妹は家の外に出ることが少なく、姉のシャーロット、兄のブランウェル、エミリー、そして妹のアンは、幼いころから家庭内で空想の国を作り上げ、それをめぐって物語や詩を書き、文学的な創造力を自分たちのあいだで高めていった。つまりエミリーの文学的素養、詩的創造力は、主に家のなかで育まれたことになる。

エミリー・ブロンテは、結核で三十年の短い生涯を終えるが、彼女が書いた唯一の長編小説『嵐が丘』（*Wuthering Heights*）は、不朽の名作として英国のみならず、世界の文学に影響を与えている。ブロンテ三姉妹はみな小説のほかに詩も書いているが、詩人として最も評価されているのはエミリーである。『嵐が丘』という小説自体も、激しい感情や自然への慕情など、エミリー・ブロンテの詩的想像力が十分に発揮された作品と見ることができるだろう。

「わたしの魂は臆病な魂じゃない」（"No Coward Soul Is Mine"）は、おそらくエミリー・ブロンテの最も有名な詩であり、ここには『嵐が丘』を思わせる思想、表現が見られる。ほとんど家に閉じこもって自分の思いを詩や物語で表していた若い女性の、激しく迸るようなエネルギーには驚嘆すべきものがある。詩のなかの、自分の魂から宇宙へと広がる力強い表現は、高く評価されている。多くの叙情詩人から尊敬を集めている詩でもあり、アメリカの詩人エミリー・ディキンソンの葬儀では、本人の要望によりこの詩が朗読されたと言われている。

アッシジの聖フランチェスコ

生きとし生けるものの讃歌

天にいらっしゃる万能の善き神さま
あらゆる讃美と栄光と誉れと祝福はあなたのものです
天の神さま、ただあなたただけのものです
どんな人間もあなたの名を口にすることはできません

神さま、あなたがお創りになった生きとし生けるものが讃えられるがごとく、あなたが讃えられますように
とりわけ、兄弟である太陽さまは
昼のひかりであり、わたしたちをあかるく照らしてくださいます
太陽はうつくしくまばゆい光を放つことで

天にいらっしゃるあなたを表現しています

神さま、姉妹である月や星のために、あなたが讃えられますように
あなたが天に浮かべてくださった月と星は、きらきら輝き、貴く、きれいです

神さま、兄弟である風、空、曇り空や晴れ空
あらゆる天気のために、あなたが讃えられますように
あなたは、それらを通じ、生きとし生けるものの命を支えてくださっています

神さま、姉妹である水のために、あなたが讃えられますように
水はとても役にたち、つつましく、貴く、きよらかです

神さま、兄弟である火のために、あなたが讃えられますように
火は、夜をあかるく照らしてくださいます
火はうつくしく、愉しげで、生き生きして、力強いです

神さま、わたしたちの姉妹であり母でもある大地のために、あなたが讃えられますように
大地は、わたしたちに食べものを与え、育んでくださいます
そして、さまざまな実りをもたらし、色とりどりの花々や草を生みだします

神さま、あなたへの愛ゆえに、ひとを赦し、病や苦しみに耐えるひとびとのために
あなたが讃えられますように

病や苦しみを穏やかにやりすごすことができるひとたちは幸せです
いつの日か、あなたから冠を授かることになるためです

神さま、肉体の死のために、あなたが讃えられますように
この世を生きる人間は誰ひとり死から逃れることはできません
重い罪を背負ったまま世を去るひとたちは不幸です
一方、あなたの聖なる思いを胸に抱いて死のときを迎えるひとたちは幸せです
かれらは第二の死[1]の苦しみにさいなまれることもないでしょう

さあ、神さまを讃え、祝福しましょう
神さまに感謝を捧げ、謙虚に生きてください

注

1 魂の死のこと

イタリア文学の原点を訪ねて

石田聖子

一二二四年頃の作とされる。「兄弟なる太陽の讃歌」の題でも知られるこの散文詩の言語には、ラテン語、中部イタリアの方言、フランス語の影響が認められる。いままさに生まれ出んとするイタリア語の姿を留めるこの詩をもって、豊穣なイタリア文学は誕生した。

アッシジの聖フランチェスコ（一一八二～一二二六）は、イタリア中部ウンブリア州の丘の町アッシジを拠点に活動した。裕福な織物商の父とフランス人の母のもとに生まれ、奔放な青年時代を送ったのちに改心し、清貧を掲げるキリスト教カトリックの修道会フランシスコ会を創始した。

「主の名をみだりに唱えてはならない」（出エジプト記20:7）のこころを響かせる四行目「どんな人間もあなたの名を口にすることはできません」がこの詩最大の動機である。小さな存在である人間は名を唱えることでは神という大きな存在に到達することはできない。では、人間が神を讃えるにはどうしたらよいのか——神が創造したあらゆるものを讃えることによって！そして、世のあらゆる要素が讃えられる。面白いのは、「死」も神の恵みとして称賛されることだ。死もまた、全き生のために不可欠であるのだ。

全体を貫く概念は「謙虚さ」である。ひとはあらゆる恵みのおかげで生かされていることを忘れてはならない。そして恵みの根源（ここでは「神」と呼ばれる）への感謝が説かれる。

この詩は、失明するほど重い病の床にて紡がれた。肉体の視力が失われたときに啓いたこころの目が捉えたヴィジョンを丁寧に描きだす言葉には、てらいも飾りもなく、穏やかな歓喜が満ち溢れている。文字は古人の思想をいまに伝えるが、詩の場合、遠い時代を生きた人間に脈打つリズムや息遣いまでも感じさせてくれる。

聖書の影響は明らかだとして、ここに提示されるヴィジョンは特定の宗教特有のものではない。たとえば、四大（風・水・火・地）の崇敬は、この世に生きるあらゆる人間、生きとし生けるものにかかわる。

聖フランチェスコは、現代イタリアでもっとも人気の高い聖人である。熱心な信徒だけでなく、宗教に関心の薄い層までも魅了するのは、この視野の広さによる。じつに、宗教への懐疑的な姿勢が目立ちはじめた二〇世紀以降、この聖人に格別の注目が注がれた事実は興味深い。当の聖人を「もっともイタリア的な聖人にして、もっとも聖なるイタリア人」と評した詩人ダンヌンツィオも敬虔な信徒ではなかったが、この詩に着想を得た美しい詩「フィエーゾレの夕暮れ」を書いた。一九三九年、聖フランチェスコはイタリアの守護聖人に認定された。

聖フランチェスコをめぐる映画は数多い。『ブラザー・サン、シスター・ムーン』（F・ゼフィレッリ監督、一九七二年）は、人間フランチェスコをみずみずしく描いた。この詩をモチーフとしたテーマ曲が胸を打つ。『神の道化師、フランチェスコ』（R・ロッセリーニ監督、一九五〇年）は、フランチェスコと弟子たちの言動に光を当てる。宗教家の堅苦しいイメージを覆す、心を尽くすがゆえの愚直ともいえる言動に、思わず笑みがこぼれる。この聖人が、多くのひとに敬愛される理由がわかるだろう。

「紅楼夢」から

曹雪芹

跛足道人　好了歌[1]

世の人みな知る　神仙は好《よ》いぞと
しかし功名だけは忘れられぬ
古今のお偉い大将大臣　みな今いずこ
雑草まみれの荒れ塚に眠るのみ

世の人みな知る　神仙は好いぞと
しかし金銀だけは忘れられぬ
日がな一日恨んでばかり　貯まる金銀少ないと
ようやく貯まれば　もうそれは眼が閉じ死する時

世の人みな知る　神仙は好いぞと
しかし愛妻だけは忘れられぬ
君が健在のうちは　日々恩愛の情を言うけれど
君死すれば　さっさと他人に嫁ぎゆく

世の人みな知る　神仙は好いぞと
しかし子や孫だけは忘れられぬ
子に溺れる父母は　古来よりたくさんいるが
孝行息子とか孝行な孫など　誰も見たこともなし

甄士隠　好了歌注[2]

粗末な小部屋　空っぽの大広間も
かつては笏《しゃく》が床に満ちていた[3]
枯れた草　枯れた楊も
かつては賑やかな歌舞場
豪華な彫刻の梁に　蜘蛛の糸　張り巡り
優雅で美しかった緑の紗も　今や粗末な破れ窓の上

脂粉　正に色濃く香わし　などと言おうとも
如何せん　両鬢真っ白な霜となる
昨日は黄土の墳墓　白骨を葬り見送るも
今宵は紅《あか》き灯の帳の中　愛しい人とともに臥す

金は箱いっぱい　銀も箱いっぱい
あっという間に乞食に落ちぶれ　皆に謗られる

命が短いと他人の身を嘆くその時正に
己に死が近づくなど　知るよしもなし

適切に教育したはずが
後日強盗にならぬとは　誰も言いきれぬ
金持ちを狙って嫁いだはずが
誰予想できよう　花柳の巷に売られる運命とは

紗帽《さぼう》[4]　小さいと　官の低さを嫌うがゆえに
首枷はめられる　羽目となる
昨日は　ぼろ上着　寒いと嫌ったばかりのくせに
今日は　紫の礼服[5]　長すぎと嫌う

わいわいわいわい
貴方の歌が終われば　私が登場
他郷を故郷と勘違い

まったく荒唐無稽
とどのつまりは
みんな他人の花嫁衣装をせっせと作っていただけの事[6]

枉凝眉[7]

一人は仙界の仙花[8]
一人は傷なき美玉[9]
もし縁がないと言うのなら
どうして又　今生にて出会ってしまったのか
もし縁があると言うのなら
どうして心中の願い　水の泡と消えたのか
一人はむざむざ嘆き悲しむばかり
いま一人はむなしく気をもむばかり
一人は水中の月

一人は鏡中の花[10]
眼の中にどれほどの涙があろうとも
秋流れて冬が尽き
春流れて夏へと泣き続ければ　耐えられるはずもなし

林黛玉　葬花吟[11]

花は散り　花は飛び　花は天に満つ
花の紅《くれない》　色褪せ　香《かおり》消え失せても　憐れむ人などなし
蜘蛛の糸はゆらゆらと　春の台《うてな》に漂い
柳の綿はしっとりと　簾を叩く
閨中の乙女　春の暮れゆくを惜しみ
愁い　その胸に満ちあふれ　紛らわす術もなし

手に花鋤《はなすき》を握り[12]　簾より外に出で
落花を踏みならし　往来するのは　とても忍びない
柳の糸　楡の実　おのずから芳しく
桃花飄い　李花飛び散ろうと　気にすることもない
桃李は明年再び花開く
明年　閨中にいるのは　そもそも誰
三月　香しき燕の巣　すでに形を成す
梁間の燕　はなはだ無情
明年　花開けばまた啄むも
思いもよるまい　その時はもう人去り　梁空しく　巣もまた傾くなどとは
一年　三百六十日
風の刀　霜の剣に　厳しく責め立てられ
明媚鮮妍の麗しき姿　いつまで保てようぞ
一朝にして落花漂流し　その後の行方は尋ね難し
花　開けば人目につくもの　花　落つれば見つけ難いもの
石段の前　花を葬る人[13]　それがゆえ憂いに苦しむ

ひとり花鋤《はなすき》を握り　ひそかに涙をこぼし
その涙　空枝《からえだ》にそそぎ　血痕浮き上がる14
杜鵑は鳴かず　正に黄昏の時
鋤を担いで帰り来て　門を幾重にも閉じる
青灯は壁を照らす　人眠りにつく時
冷雨は窓を叩き　褥《しとね》は未だ温まらず
いったいどうして　私の心はかくもしめつけられるのか
それは春を愛しみ　春を恨むがため
春　忽ち至るを愛しみ　春　忽ち去るを恨む
春は至る時も言《こと》無《ば》く　去る時もまた音も無い
昨夜　庭外に悲しい歌声が響いた
あれは花魂であろうか　それとも鳥魂であろうか
花魂　鳥魂　どちらも留め難し
鳥は言葉なく　花は恥じらうばかり
願わくは　我が脇下に双翼生じ
花とともに飛び去りたい　天の果てまでも

天の果て
いったいどこに香丘[15]はあるのか
錦の袋に艶骨[16]を収め
ひとやまの浄土でその風流を覆いたい
清きままやって来て　清きまま立ち去るは
泥に汚れ溝に落ちるよりずっとまし
花の命は短く　今われ汝の身を収め葬る
この我が身は　いったいいつ葬られるのか
われ今　花を葬るを　人は痴と笑う
いずれ　われを葬るのは誰ぞ
試みに見よ　春暮れて　花しだいに落ちゆく様を
これすなわち　紅顔　老いて死する時
一朝にして春は尽き　紅顔もまた老い衰え
花は落ち　人は亡くなるも　双方ともに知るすべもなし

注

1 「好了歌」は、『紅楼夢』第一回中に描かれる、作中人物の跛足道人が詠んだという設定の詩である。原文の第一句、第五句、第九句、第十三句の末が「好」の字で終わり、偶数句の末がすべて「了」の字で終わることから「好了歌」と名付けられる。「好了」は二字で「よきこと（好）」が「おわる（了）」の意になる。四行でひと塊となっており、全四段で構成されている。

その四段では、順に、功名、財産、愛妻、子孫への執着とそれが報われぬ世の中を諧謔的に述べる。栄華の儚さを主題とする『紅楼夢』の縮図とも言えよう。

2 「好了歌注」は『紅楼夢』第一回に見える。先の「好了歌」を耳にした作中人物の甄士隠が俄かに悟りを開き、それに対する自らの解釈を即興で詠み込んだ詩。

3 「笏」は、官位ある人が礼装した時に帯の間にさしはさむ板。「笏が床に満ちていた」とは、かつては多くの高官を出した家柄であったことを言う。

4 「紗帽」は昔の文官が被った帽子。「紗帽が小さい」とは、官職の低さを言う。

5 「紫の礼服（原文は「紫蟒」）」は、旧時、大臣が着た礼服。金色の蟒蛇の模様が刺繍してあった。

6 原文は「爲他人作嫁衣裳」。唐・秦韜玉の詩「貧女」の末句に基づく。自分のためにあくせく働き画策したはずが、すべてそれが他人のものとなってしまう喩え。

7 「枉凝眉」は、むなしく眉をしかめて憂い嘆く意。『紅楼夢』のヒロイン・林黛玉が恋に憂うる様を言う。『紅楼夢』第五回中に見える。仙女が演奏する「紅楼夢仙曲」十二首中の一首で、ヒロイン林黛玉と主人公賈宝玉の悲恋が詠み込まれている。仙界（太虚幻境）において「警幻仙姑」と呼ばれる仙女の指示により演奏された曲の歌詞。

8 「仙界の仙花（原文は「閬苑仙葩」）」は、林黛玉を指す。林黛玉は前世、仙界の花（絳珠草）であった（第一回）。

9 「傷なき美玉（原文は「美玉無瑕」）」は、『紅楼夢』の男性主人公・賈宝玉を指す。賈宝玉は口に美玉をくわえてこの世に生まれた。その美玉は元来、伝説の女神女媧氏が天を修復するさいに使い余した石の変化した姿である（第一回）。

10 「水中の月」「鏡中の花」はともに手に入らぬ幻。前者は林黛玉から見た賈宝玉、後者は賈宝玉から見た林黛玉を指す。二人の恋が悲恋に終わることを暗示する。

11 『紅楼夢』第二十七回中に見える。『紅楼夢』のヒロイン林黛玉が詠んだ詩。林黛玉は、美しい花々がやがて泥にまみれ汚れるのを惜しみ、落花をかき集め、香袋に納めて地に埋め、花のお墓（花塚）を作る。これを「葬花」と言う。「黛玉葬花」は、京劇をはじめ多くの芝居にも取り上げられる有名な一場面。

12 「花鋤」は、花を植えたり土を盛ったりするのに使う小型の鋤。これで花を埋める。

13 「花を葬る人（原文は「葬花人」）」は林黛玉を指す。

14 この句は古い二つの伝説を踏まえている。一つは舜帝が没したさい、湘妃（蛾皇と女英の二妃）が悲しみのあまり流した血涙が竹の上に注ぎ、その竹に斑紋ができたという伝説。もう一つは、蜀王（杜宇）の魂が杜鵑に化したという伝説。杜鵑は鳴いて血を吐き、花の枝を染め、それが杜鵑花（ツツジの花）になった。ゆえに次の句は「杜鵑」の語から始まる。

15 「香丘」は花の墓を指すが、同時に美女（林黛玉）の墓をも暗示する。ゆえに次の句では「艶骨」の語が用いられる。

16 「艶骨（艶やかな骨）」は女性の骨を喩えるが、具体的には林黛玉の骨を暗示する。林黛玉が若くして死にゆくことの暗示である。

なおヒロイン黛玉には、伝説の美女・西施のイメージが重ねられており、病弱かつ神経質な性質が付与されている。彼女は幼少のころ両親を亡くし、母方の祖母の家（賈家）で生活したが、他家に身を寄せる負い目から周囲の視線を過剰に意識し、神経をすり減らす毎日を送っている。中段において「一

年　三百六十日　風の刀　霜の剣に　厳しく責め立てられ」とあるのは、表面上は花が風雨・霜雪にさらされる様を述べたものであるが、同時に詠み手である黛玉自身の苦しい心情そのものを指していると言えよう。

紅楼夢の古典詩

船越達志

中国文学において詩（文言で書かれた詩）は、最古の詩集『詩経』が儒教の経典（五経）の一つに数えられることからも窺えるように、古来「雅」なる文学として高い価値を認められてきた。それに対し、口語で書かれた小説は、被支配層である庶民の文学であり、士大夫が手を染めるべきではない「俗」な文学と見られてきた。口語で書かれた小説に対する価値観が改まるのは、二十世紀以降のことである。

『紅楼夢』は中国文学を代表する作品であるが、口語で書かれた清代の長篇小説で、二十世紀以降に再評価されたものである。今回はあえてその中から、作中詩を四首とりあげてみた。いずれもこの小説の主題を凝縮している。

『紅楼夢』の作者は曹雪芹（約一七一五―約一七六三）。名は霑。雪芹は号の一つである。曹家は代々南京の江寧織造を務める名家であったが、雪芹が少年の頃に没落した。晩年は北京の郊外で貧窮のなかで執筆に没頭し、『紅楼夢』未完のまま世を去った。この小説は、貴公子の賈宝玉と、二大ヒロイン林黛玉・薛宝釵をめぐる恋愛模様、及び権門賈家の栄華と没落を主な筋とする。読む者の共感を呼ぶ心理描写や女性描写に定評がある。書名の「紅楼」とは、朱塗りの美しい屋敷を指す語で、豪華絢爛な貴族生活を暗示する。そしてそれを「夢」とするのが『紅楼夢』である。栄華の儚さを示している。

『紅楼夢』の冒頭は神話から始まる。太古の女神・女媧氏が天を補修（「女媧補天」）するさいに使い余された一個の石が、仙界の片隅に捨てられた。ある日、この石は僧侶と道士（ともに仙人）の話す俗世の話題に興味を引かれ、二仙に俗世へ連れていってくれるよう頼みこむ。そこで僧侶はこの石を美玉に変え、俗世間に送りこむ。美玉となった石は、主人公・賈宝玉の口に含まれて世に落ち、彼の人生をつぶさに観察する。その後、石は見てきた経歴を石自らの上に書き記す。こうして出来たのが『紅楼夢』（原名『石頭記』（「石っころの記録」の意）』）である。仙界で僧侶と語らっていた道士の、現世に現れたさいの姿が跛足道人（足が不自由な道士）である。訳出した最初の詩「好了歌」は、作中人物の跛足道人が作ったという設定となっている。

『紅楼夢』は、全百二十回にわたる非常に長い長篇であるが、開巻冒頭に主人公の賈宝玉は登場せず、代わりに甄士隠を中心とする小さな物語が描かれている。そこに描かれているのは、名士甄士隠と貧乏書生賈雨村の人生の対比であり、富貴や栄誉、そして情愛の儚さ、無常である。これは『紅楼夢』の主題そのもので、甄士隠は主人公賈宝玉の分身のような役割を担っている。中国の古典小説においては、このように長い小説の冒頭に短い小話（話の枕）を置き、全編の主題を読者に提示するのが、一つの型（パターン）になっている。

二番目の詩の「好了歌注」は、前掲「好了歌」を耳にした甄士隠が俄かに悟りを開き、それに対する解釈を詠み込んだ詩である。「好了歌」がやや抽象的な内容になっているのに対して、具体的な事例が詠み込まれている。栄華について、愛妻について、財産について、子弟養育に対する親の苦悩について、官位栄達について、それぞれ儘ならぬことを述べている。最終の第六段は全体のまとめで、人生が思い通りにいかぬことを述べて締めくくる。

三番目の「枉凝眉」は『紅楼夢』第五回に見える。主人公の賈宝玉とヒロイン林黛玉には、仙界からこの世への転生という不思議な「前世の縁」が設定されている（第一回）。それによれば、黛玉は現世で涙を流すことで前世の恩返しをすることになっている。逆に、涙が枯れて恩返しが終了すれば、黛玉は仙界に戻る（すなわち死去する）運命にあるとも言える。悲恋が運命づけられているのである。「枉凝眉」の冒頭と末尾は、この「前世の縁」にちなんだ言い回しになっている。

最後の「葬花吟」は、『紅楼夢』第二十七回において、ヒロイン林黛玉が詠んだ詩。黛玉が葬った花は桃の花と見られるが、桃は桃花源に代表されるがごとく、常春の楽園の象徴でもある。桃花を葬る「葬花」の一場面は、楽園のような賈家の貴族生活そのものの崩壊をも暗示、予言しているように思われる。

ハインリヒ・ハイネ

1　うるわしき五月

うるわしき五月
つぼみがみなはじけるころ
ぼくの心に
愛が湧きおこった

うるわしき五月
鳥がみなさえずるころ
ぼくは彼女に
あこがれ望む思いを告げた

4　きみの瞳を見つめると

きみの瞳を見つめると
苦しみも痛みもみな消え去り
きみに口づけすれば
ぼくはすっかり晴れやかになる

きみの胸のなかで
ぼくは天上の喜びにひたるけれど
きみが「愛している」と言ってくれたら
ぼくはほろ苦い涙にくれるはず

10　歌が聞こえてくると

あれほど深く愛した人が

口ずさんでいた歌が聞こえてくると
激しい痛みに襲われて
胸が張り裂けそうだ
暗いあこがれに駆り立てられて
ぼくは森の奥までのぼっていく
そこではぼくの大きな嘆きが
涙に溶けてあふれ出す

16 古く悪しき歌

古く悪しき歌や
ひどくみすぼらしい夢も
いまや墓に埋めてしまおう
大きな棺を用意せよ

棺に詰めるいろいろなものが
何であるかはまだ明かさない
棺はハイデルベルクの
ワイン樽よりも大きくなければだめだ

死者の担架を調えよ
板張りで分厚く固め
この担架もまたマインツの
橋よりも長くなければだめだ

十二の巨人も連れてこい
彼らはまたライン川の
ケルン大聖堂の聖クリストフより
強い者たちでなければならない

彼らが棺を担ぎ出し

海底ふかく沈めてしまおう
それほど巨大な棺なら
大きな墓がふさわしい

棺がどうしてそれほどに
大きく重いか知っているか
そのなかにぼくの愛と
痛みを詰め込むのだから

《抒情的間奏曲》より

ゲオルク・トラークル

囚われたつぐみの歌

緑の枝にひそむ暗い息づかい
青く小さな花たちが漂うのは
孤独なもののかんばせと

オリーブの木のしたで死を待つ黄金のあゆみ
夜は酩酊した翼をはばたかせ
うやうやしい心が静かに血を流す

棘が顔をのぞかせて、露はゆっくりと滴り落ちる
かがやく腕の憐みが
抱きかかえるのは張り裂ける心

『死者の歌』より

リカルダ・フーフ

音楽によせて

あの人の歌のなにが
わたしを夢中にするのだろう
こどもの頃に
耳にしたのかもしれない

幸福と栄光と
愛の言葉と
人生のすばらしさをたたえる歌は
いまや漆黒に覆われている

この歌がわたしのものだと
夢でも見ていたのだろうか?
わたしの青春はこんな風に
緋色にふちどられている

翼をはためかせ舞い上がるけれど
わたしの心は沈んでいく
美しいものに触れるほど
わたしの瞳は空っぽだ

みずからに刃を向けるような

忌まわしいことをしたのだろうか
あの人の歌のなかだけに
わたしの楽園が花咲く

香油のようにわたしに吹きつけるのは
楽園のやさしい香り
わたしの孤独な心が
頭をもたげるのはその墓場

碑

南方の海沿いの町の港には
魚の腐臭が漂っていた
船が寄りつかなくなってどれほど経つのか
ちりぢりになった古い市場に立っていたのは

碑となった作曲家の恍惚とした姿だ
王杓のようなヴァイオリンを手にする
彼の名を知る者はまだいるだろうか
台座のかご細工からは軍艦が顔をのぞかせていた
欲深い悪だくみと値切りの声が響き
かつて愛ゆえに燃え上がった彼の歌は
乞食たちや商人たちの間で耳を傾けられぬまま
消えていった――ああ、悲劇のように甘く！
夜ごとに彼を聖歌隊のように取り囲んでいるのは
カモメの叫びと嵐の鐘
天空の星と月と海
貝殻からトロンボーンのように低い音が漂い
そのなかでメロディがよみがえる

『秋の火』より

詩

クルト・シュヴィッタース

ぶっ
ふっ
ぶゔっ
ふむす
ぶゔれー
ふむすべーゔぇー
べーゔぇーれーてー
ふむすべーゔぇーてー
ぷっ
べーゔぇーれーてーつぇー
ふむすべーゔぇーてーつぇー
ぷっ
べーゔぇーれーてーつぇーうー

ふむすべーゔぇーれーてーつぇーうー
ぺーげー
ふむすべーゔぇーてーつぇーうー
ぺーぎふっ
クヴィッ――エー

ドイツ語の詩と音楽

白井史人

ドイツ語の詩と音楽は、相互に刺激し合いながら互いを形づくってきた。本詩集では、実際に付曲されている詩を含め、詩と音楽との関係をたどることができる作品を選んだ。

ハインリヒ・ハイネ Heinrich Heine（一七九七―一八五六）は、デュッセルドルフ生まれで、ドイツ・ロマン派を代表する詩人である。一八二七年に出版された『歌の本』*Buch der Lieder* 所収の《抒情的間奏曲》から四編を訳出した。「1　うるわしき五月」「4　きみの瞳を見つめると」「10　歌が聞こえてくると」「16　古く悪しき歌」では、恋の目覚めから、苦悩と悲痛へいたるさまざまな局面がみずみずしい韻文で謳われている。「古く悪しき歌」には、マインツ、ケルンなどライン河畔の名所や古都ハイデルベルクが登場する。その一部には、ローベルト・シューマンが連作歌曲《詩人の恋》として付曲した。

夭逝の詩人ゲオルク・トラークル Georg Trakl（一八八七―一九一四）は、オーストリアのザルツブルクに生まれ、世紀転換期から二〇世紀初頭にかけて活動した作家である。ウィーンで薬学を修めるかたわら作品を発表し始めるが、酒や薬物の中毒に悩まされ、一九一四年に勃発した第一次世界大戦へ従軍し、心臓発作で世を去った。

ここでは詩集『死者の歌』*Gesang des Abgeschiedenen* から「囚われたつぐみの歌」を選んだ。夜の暗闇のなかに、「緑」「青」「黄金」といった色彩が艶めかしく輝く一瞬を凝縮した短詩である。とりわけ後半部には、キリスト教的な含意が色濃く滲む。表現主義雑誌『ブレンナー』を編集したルートヴィヒ・フォン・フィッカーへ捧げられている。遺された作品は決して多くないものの、アルノルト・シェーンベルクを代表とする新ウィーン楽派に、多くのインスピレーションを与えた。本作は、アントン・ウェーベルンによる《六つの歌曲》でも味わうことができる。

女性詩人のリカルダ・フーフ Ricarda Huch（一八六四—一九四七）は、ブラウンシュヴァイク生まれで、歴史学者、哲学者、小説家としても知られる。一九二〇年代にはベルリンのプロイセン芸術アカデミーで教鞭を執ったが、一九三三年にナチスによる政権奪取に抗議し辞職。ここでは、晩年に発表された詩集『秋の火』*Herbstfeuer*（一九四四）から、二作品を選定した。

「音楽によせて」はハイネの《抒情的間奏曲》にも通じる素朴な味わい。うらさびれた情景が幻想的に描かれる「碑」は、「南方の港町」とあるものの、モデルが実在するかは定かではない。いずれも韻文による。

クルト・シュヴィッタース Kurt Schwitters（一八八七—一九四八）は、ハノーファー生まれのダダイズムの芸術家である。美術やパフォーマンスの分野でも広く活躍した。一九二二年頃の「詩」と題された本作では、「具体詩」と呼ばれる特徴が一目瞭然である。「p（プ）」「w（ヴ）」などの音の断片は、意味をはらむ語へと像を結ぶことはない。詩と音楽、文字と言葉との境界はほとんど消え去っていると言えるだろう。

本作「詩」はラウル・ハウスマンの「fmsbw」（一九一八）を基にしており、シュヴィッタースはこのモティーフを代表作「原ソナタ（Ursonate）」でより大規模に展開していく。なお原文には、「fms（フムス）」といった子音のみが連続する部分と、「bewe（ベーヴェー）」と母音を含む部分がある。またドイツ語の「e」とウムラウト「ä」の音声は、いずれも日本語の「エ」と表記したが、厳密には音声は異なっており、こうした点は日本語への置き換えは本来的には不可能である。ヨーロッパ諸語の間ではほとんど翻訳不能、かつ不要とも言える本作だが、日本語への翻訳を通して、言語間の文字と音声体系の差異が浮き彫りになる点は興味深い。シュヴィッタース本人が残した「原ソナタ」の朗読と、日本語訳文から聞こえる響きのズレからも、詩の翻訳の難しさと面白さを感じ取ることができるだろう。

ヴィスワヴァ・シンボルスカ

奇跡の市

平凡な奇跡は
平凡な奇跡がたくさん起こること

普通の奇跡は
夜のしじまの中で
見えない犬たちが吠えること

たくさんある奇跡のひとつは
小さく軽やかな雲なのに
大きく重い月を隠せること

いくつもの奇跡がひとつになったものは
水に映ったハンノキが
左右逆になっていて
梢《こずえ》が下に伸びていき
水は浅いのに
底にまったく届かないこと

ありきたりの奇跡は
ほどよいそよ風でも
嵐になれば吹きすさぶこと

一番良い奇跡は
牝牛《めうし》が牝牛だということ

負けず劣らず良い二番目の奇跡は
他ならぬこの種子《たね》から

他ならぬこの果樹園ができたこと
燕尾服も山高帽も身につけていない奇跡は
ぱたぱた飛び回る白い鳩たち

奇跡としか呼びようのない奇跡は
きょう午前三時十四分に日が昇り
午後八時一分に日が沈むこと

人を驚かせるはずなのにじつはさほど驚かせない奇跡は
この手の指がたしかに六本より少なく
四本より多いということ

ただ見回せばそこにある奇跡は
世界がどこにでもあること

どうせすべてはおまけなので、もうひとつおまけの奇跡は
考えられないことが
考えられるということ

（一九八六年）Ⓒ1986 Wislawa Szymborska

アダム・ザガイェフスキ

誉め称えよ、切り刻まれた世界を

誉め称えよう、この切り刻まれた世界を。
六月の長い日々と、野いちごと、
ロゼ・ワインの滴を忘れるな。
廃屋を着々と覆っていく
イラクサのことも。
君は切り刻まれたこの世界を誉め称えなければならない。
君は優雅なヨットや船を見た。

その一隻だけがこれからの長旅を控え
その他のすべてを待っていたのは塩漬けの虚無。
君は逃げまどう人の群れを見た。
死刑執行人の嬉しそうな歌を聴いた。
君は切り刻まれたこの世界を誉め称えるべきである。
いっしょにいた白い部屋でカーテンが
そよいでいたあの瞬間を忘れるな。
音楽が炸裂したあのコンサートを思い起こせ。
君は秋に公園でドングリを拾い
木の葉が地面の傷跡のうえで渦巻いた。
誉め称えよ、切り刻まれた世界を
ツグミがなくした灰色の羽根を
あの柔らかい光を――さまよって消えては
また戻ってくるあの光を。

（二〇〇〇年）

哲学的抒情詩の旗手たち

沼野充義

二〇世紀後半のポーランドは、長く共産党の支配下にあって言論の自由が制限されながら、ルジェヴィッチ、ヘルベルト、ミウォシュなど、国際的に高く評価される詩人を何人も輩出した（ただしミウォシュは亡命して主にアメリカで活動した）。

これらの詩人たちは、それぞれ作風をはっきりと異にする個性的な存在だが、「ポーランド派」としてゆるやかに括れるような要素も備えている。言語に関して意識的でありながら、実験のための実験といった難解な方向には走らず、平明な言葉を操っていく。そして言葉の音楽的な美しさや韻律を無視するわけではないが、言葉によって表され、伝えられる意味や思想を重視する。歴史や政治に対して鋭く意識的で批判的だが、非政治的でしなやかな言葉の使い方を貫くことによって、政治に対抗する力を獲得する――こういった点で彼らは共通していると言えるだろう。本書に収録したシンボルスカ、ザガイェフスキも明らかに現代詩における「ポーランド派」の、哲学的抒情詩の旗手たちである。

近代ポーランド詩は、主として音節詩（一行の音節数を一定に揃える）、音節ストレス詩（音節とストレス［強勢］を「強弱」「弱強弱」のように一定のパターンによって配置する）、ストレス詩（一行の強勢数を一定に揃える）という三つの方法を使い分けて韻文を作ってきたが、二〇世紀後半になると一定の韻律も持たず、脚韻も踏まない事実上の「自由詩」が主流になってくる。ここに訳出したシンボルスカやザガイェフスキの詩もほぼ「自由詩」だが、強勢配置のパターンや重要な単語の繰り返しによって、独自のリズムやイントネーションなどの詩的効果をあげている。

ヴィスワヴァ・シンボルスカ Wisława Szymborska（一九二三―二〇一二、一九九六年ノーベル文学賞受賞）は、第二次世界大戦中、ドイツ占領下で地下学校に学んだ後、クラクフのヤギェロン大学に進んだ。戦後に詩人としてデビューし、初期は共産主義の理想を信じ政治的な作品を書いたこともあるが、やがて共産党に対して懐疑的になり、存在論的な抒情詩の領域で本来の才能を発揮するようになった。その詩は、批判精神に裏打ちされたアイロニーと逆説の深みを備え、平凡な人間のささやかな日常の中にひそむドラマや驚きに目を向けた。

「奇跡の市」もそんな彼女の本領をよく示す作品である。奇跡を語る際に、シンボルスカは宗教的な啓示も、政治家が掲げる宣伝の言葉も退け、日常生活に満ちた「平凡な奇跡」に目を向け、普通の世界こそが奇跡的に素晴らしいものだと謳う。シンボルスカは決して反体制の闘士ではなかったが、ただ柔らかい感性と透徹した知性をあわせ持った優れた詩人であることによって、硬直した政治体制に対する手強い批判者となった。

アダム・ザガイェフスキ Adam Zagajewski（一九四五―二〇二一）は現在ウクライナ領のリヴィウに生まれたが、ソ連の政策により郷里を追われ、ポーランドの中南部シロンスク地方に移住し、その後クラクフのヤギェロン大学に学んだ。一九六〇年代末から詩を発表し始め、「六八年世代」と呼ばれる詩のニューウェイヴを担う詩人となった。この世代の特徴は、共産主義イデオロギーによる言語の支配に疑義を呈し、現実の糊塗に対して詩的言語によって抵抗する姿勢だった。ザガイェフスキは社会問題に積極的に関わり、反体制知識人として当局から発禁処分を受けた。一九八二年にパリに移住、二〇〇二年にクラクフに戻るまで亡命生活を送った。

「誉め称えよ、切り刻まれた世界を」はもともと、二〇〇〇年にポーランド語で発表されたものだが、アメリカの『ニューヨーカー』二〇〇一年九月一七日号に英訳が掲載されると、9／

11同時多発テロ事件を「予見」したものとして世界的に知られるようになった。しかしこの作品を書いたとき、もともと詩人の脳裏にあったのは、戦火やホロコーストなどのカタストロフをくぐり抜け、手足を失うような重傷を負ったヨーロッパの無残な姿だったのではないか。

そのような姿になって生き残った「世界」を「誉め称え」なければならないとは、どういうことなのか。おそらくこれは、生き残ることの凄惨さを強調する、大いなる詩的アイロニーなのだろう。この詩には、荘重に「褒め称える」頌詩（オーダ）のような力強さだけではなく、柔らかい個人的な抒情的要素が織り込まれ、悲惨な叙事的現実に絡み合い、緩急自在な詩的パターンを作り出している。

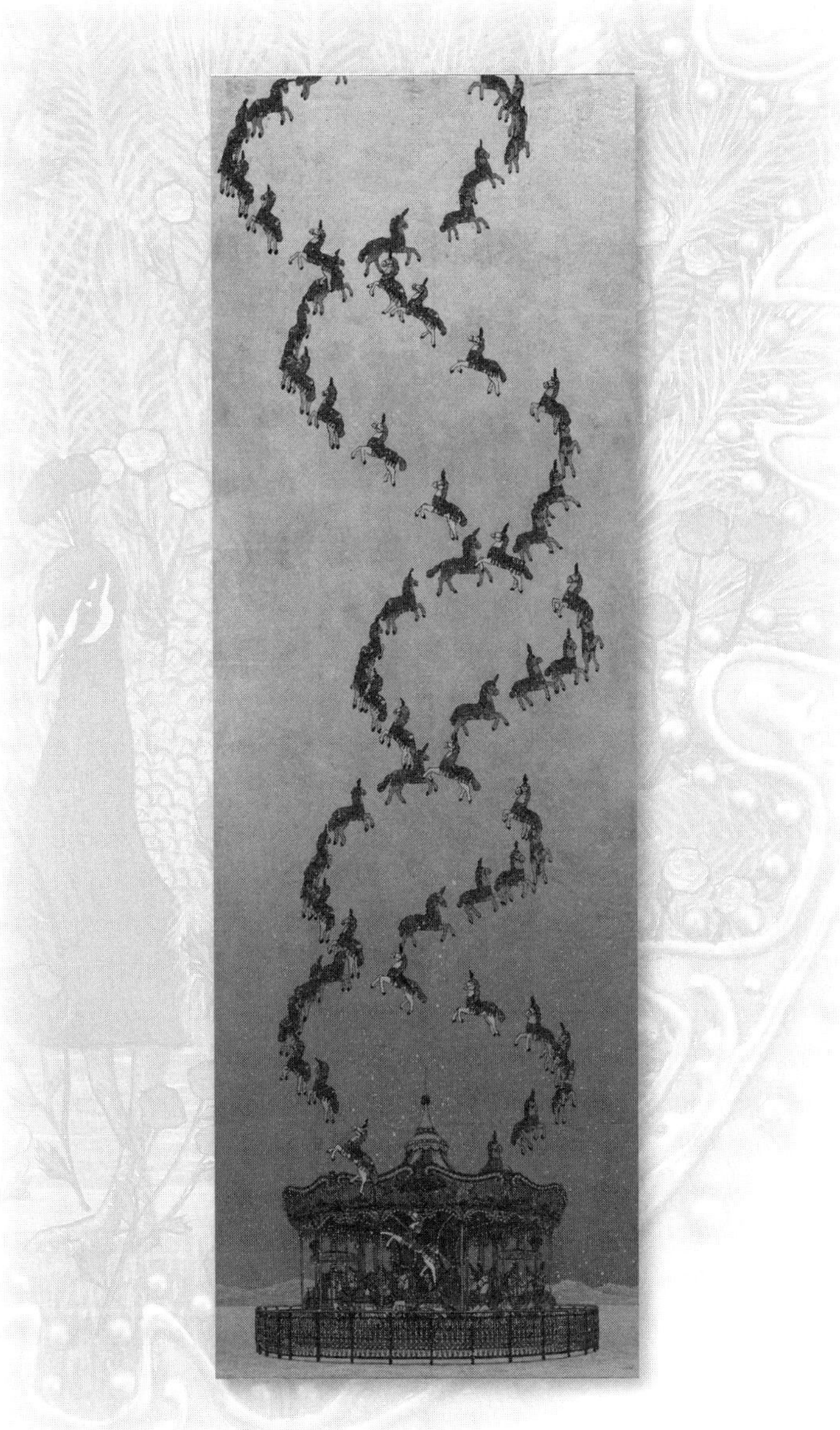

ヴェリミール・フレーブニコフ

キリギリス

細くて細おい筋すけた
ぴんぴか金文字はばたかせ
キリギリスはおなかの籠に
水草、葦草いっぱいつめこむ。
ぴん、ぴん、ぴん！　と四十雀がかしましく。
おお、白鳥光《びゃくちょうこう》よ！
ぱっと照らして！

否み

死刑宣告に署名するより
星を仰ぐほうが
ぼくははるかに心地よい。
ぼくが庭をわたるとき、
頭かしげて
「ほら、あの方」とささやく
花たちの声に耳すますほうが
はるかに心地よい。
ぼくを殺そうと
たくらむ者どもを殺す警備兵の
暗い銃列を見るより。
それが、理由だ、このぼくが
けっして、けっして支配者とはならぬということの！

（一九二二年）

アンナ・アフマートワ

愛

あの人がこの世で愛したもの、三つ
晩祷の声、白の孔雀
擦りきれたアメリカの地図。
あの人が嫌ったのは、子どもの泣き声
イチゴジャムを溶かしたティー
そして、女のヒステリー
……わたしはその人の妻となった

（一九一〇年）

ウラジーミル・マヤコフスキー

ぼく

踏み荒らされたぼくの心の
アスファルトに
狂った人たちの足音が
固い言葉の踵をねじる。
町々が
首を吊られ
雲のロープに
塔の
曲がったうなじが
凍りついたところへ
ぼくは行き
ひとり泣く、
十字路で

警官が
磔にされたと

（一九一三年）

マリーナ・ツヴェターエワ

無題

別れの夜に
愛の終わりに、くり返そう
その手が、
あなたのその威圧的な手が好きでした、と。
そしてその目が——だれにもまなざしを
贈らない！——好きでした、と。
不意のまなざしにも

理由をもとめるその目が。

あなたのすべて、呪わしいあなたの
情熱が——神のみぞ知る！——
不意のため息に
報いを求めるあなたが好きでした、と

そして疲れはててこうも言おう
——慌てずに聞いて！——
あなたの魂がいつも
わたしの魂に立ち塞がっていました、と

そしてあなたにこうも告げよう
——もはや同じこと——別れの夜なのだから！——
この唇も、あなたの口づけを受ける
までは——瑞々しくあった、と。

そしてこの目は――、その目に会うまでは――恐れも知らず明るく、
この心も、わずか五歳ほどの……
ああ、みずからが生きる道で
あなたにめぐり逢わなかった者は、幸いだ！

（一九一五年）

DOUCE FRANCE

アデュー・フランス！
アデュー・フランス！
アデュー・フランス！

メアリー・スチュアート

フランスに優る

心やさしき国はなし……
遥かな記念に授かった
真珠の二粒。

まつ毛にじっと
にじむ。
メアリー・スチュアートの船出、
それがわたしの定め。

（一九三九年）

ボリス・パステルナーク

息苦しい夜

ぽつぽつと落ちていた——けれど草々は
雷雲の包囲にも屈しなかった
ただ、土埃だけがひたすら呑みこんでいた、
雨粒の丸薬、しずかな粉末の鉄剤を。

村は治癒をまたず
罌粟《けし》の赤は、死のように深く燃えたち
ライ麦畑は炎症にむくんで
熱病に浮かされた神が譫言を放っていた。

見捨てられ、眠りの来ない
湿気た世界の広がりのなか、
呻き声は駆け足で哨所を逃れた、

けれど、疾風は身を隠し、息を止めた。

駆け足で追いかけてきたのは
横なぐりの雫《しずく》。垣根のそばで
濡れた木枝と青白い風の
諍《いさか》いがつづく。そこでぼくは凍りつく。なんと、ぼくのことが話されている！

ぼくは直感した、この諍いは永遠につづく、と。
恐ろしい、おしゃべりな庭。
ぼくは町から戻り、茂みと鎧戸の
おしゃべりを立ち聞きした――どうやらまだ気づかれてはいない。

でも、気づかれたら、――後もどりはきかない、
おしゃべりが果てることはない、永久に、永遠《とわ》に。

（一九一七年）

オーシプ・マンデリシターム

Silentium

それは、まだ生まれてはいない
それは、音楽にして言葉、
だから、命あるものすべてを繋ぐ
不滅の環。

海の乳房はおだやかに息づく
けれど、真昼は狂えるもののように明るく、
濃紺の器に
泡の青白いライラックを花開かせる。

ああ、ぼくの唇よ、探りだすがいい、
原初の沈黙を。
水晶の音符のような

生まれながらにして浄らなるものを！

泡のままであれ、アフロディーテよ、
言葉よ、音楽に還れ、
心は、心を恥じよ、
生命の起源とひとつに溶けあって！

（一九一〇年）

まだ死んではいない

まだ死んではいない、まだひとりではない、
もはや物乞いとかわらぬ妻とともに、この壮大な原野を、
霧を、冷気を、そして吹雪を
満喫できるうちは。

この豪勢なる貧困、凄まじき窮乏のさなか
心おだやかに、心ゆたかにして生きることだ
そのような日々、そのような夜こそ、幸いあれ、
心地よい声の労働は、罪ならず。

おのれの影のような吠声におびえて、
突風になぎ倒されるものは、不幸である。
なかば死人のように、
影に施しを請うものこそ、哀れである。

（一九三七年）

ヨシフ・ブロツキー

愛

今夜、ぼくは二度、眠りから覚め
よろよろと窓辺に向かった、窓ごしの街灯りは、
夢に語られた言の葉さながら、
三点リーダーにも似た茫洋へと帰して、
慰めをもたらすことはなかった、このぼくに。

夢に、身重のきみが現れた、
別離のなかで、これほどの年月をともに重ねてなお
心に疚しさをおぼえて、手は、
喜々としてきみのお腹をさすり、
現《うつつ》では、ズボンと壁のスイッチを
手探りしていた。そして窓辺へと足をひきずるぼくは

知っているのだ。あの闇、あの夢のなかに
ひとりきみを置き去りにしてきたことを。それでもきみは
黙々とぼくの帰りを待っていた、
故意の中断の罪を

いたずらに責め立てることもなく。わけを聞けば、闇のなかなら——
光のもとでもぎ取られたものが長続きするから、と。
闇のなかでぼくらは結ばれ、飾り立てられ、
あの一体の性獣と化していた、子どもらはもう
ぼくらが裸のままであることの言いわけでしかなかった。

いつの日か、来るべき夜に、
疲れはて、痩せほそり、再びきみはここにやって来る、
やがてぼくは、性の別も知られず
いまだ名づけようもない子らと相まみえることだ——そのときはもう、
壁のスイッチに慌てて

手をのばすこともしなければ、
もの言わぬ、あの、影たちの王国に、きみたちを
置き去りにする資格《いわれ》もない、
現《うつつ》への依存へめりこむ、日々の垣根に囲われたまま、
固くそこに遠ざけられて。

（一九七一年）©1971 Иосиф Бродский

銀の時代のロシア詩、そして……

亀山郁夫

二十世紀初頭のロシア詩から、訳者の好みにしたがって、七名（六＋一）、計十篇の詩を選んだ。主に「銀の時代」として知られる二十世紀前半の詩だが、最後に、読者へのサプライズのつもりで、二十世紀後半の詩から、ヨシフ・ブロツキーを選び、わけても私好みの「愛」を用意した。

次に、各詩人のプロフィールを百科事典風に紹介しておく。

ヴェリミール・フレーブニコフ（Велимир Хлебников 一八八五〜一九二二）はカルムイクの草原に生まれ、カザン大学では数学を専攻した。一九〇五年の日露戦争での敗北に衝撃を受け、「時間の法則」の探求にいそしむ。純粋な詩的実験から原始回帰、ユートピア的世界観を謳った詩まで多岐にわたった。生涯にわたって放浪を続け、晩年は、イランにまで足を延ばしたが、帰国後まもなく病死した。

ウラジーミル・マヤコフスキー（Владимир Маяковский 一八九三〜一九三〇）はグルジアの寒村に生まれ、十代は逮捕、投獄をくり返した。初期の詩は、鮮烈な叙情性と詩的実験の類まれな結合を見る。一九一七年の革命を「ぼくの革命」と呼び熱烈にこれを受け入れ、革命の桂冠詩人として栄光をほしいままにしたが、スターリン体制が確立するなか、重度の鬱にとりつかれ、三〇年にピストル自殺を遂げた。

アンナ・アフマートワ（Анна Ахматова 一八八九〜一九六六）はオデッサ近郊に生まれ、サンクトペテルブルクを中心に活躍した。初期の恋愛詩で、「ロシアのサッポー」の異名をとった。中期から晩年にかけて内省を深め、スターリン体制下では概ね沈黙を強いられたが、徐々に西側でも名前を知られ、大テロルの犠牲者に捧げた長詩『レクイエム』ほか、『ヒーローのない叙事詩』で不朽の名声をかちえた。

マリーナ・ツヴェターエワ（Марина Цветаева 一八九二〜一九四一）はモスクワに生まれ、十代でデビュー。抒情詩、特に恋愛をめぐる情熱溢れる、ダッシュを多用するダイナミックな詩法で知られた。ロシア革命のさなかに西側に亡命し、ベルリン、プラハ、パリと転々としたあと、三九年に帰国したが、疎開先にて自殺した。雪解け時代に復権を果たし、伝説的ともいえる人気を博した。

ボリス・パステルナーク（Борис Пастернак 一八九〇〜一九六〇）はモスクワ生まれのユダヤ系ロシア人。未来派「遠心分離機」の詩人として出発し、革命期の高揚を背景に、自然、人間、社会が一つになって渦巻く壮大な交響詩的な世界を築きあげた。長編『ドクトル・ジヴァゴ』で世界的名声をかちえ、六〇年にノーベル文学賞に輝いたが、政府の圧力で受賞を阻まれ、失意のうちに病死した。

オーシプ・マンデリシターム（Осип Мандельштам 一八九一〜一九三八）はワルシャワ生まれ。象徴派の流れを汲みつつ、イメージの鮮烈さを特色とするアクメイズムの詩人として出発し、西欧古典への深い理解と洞察に裏打ちされた難解かつ高踏的な作風で知られた。三〇年代にスターリン個人を風刺するエピグラムが当局の知るところとなり、逮捕。再度の流刑を経験したのち、ウラジオストック近郊の収容所にて病死した。

ヨシフ・ブロツキー（Иосиф Бродский 一九四〇〜一九九六）はレニングラード（現サンクトペテルブルグ）生まれのユダヤ系ロシア人。十五歳で学校を中退し、独学にて外国語を学び、西欧の古典文学に親しむ。ソ連時代の作品の多くは地下出版によって回し読みされた。六四年に逮捕、七二年に国外に出た。卑俗な口語と高踏的なスタイルを取りまぜる独自の作風で知られ、稀有の形而上的高さに達した。八七年にノーベル文学賞に輝いた。

二十世紀前半のロシアは、詩の黄金期にあたり、傑出した詩人を数多く輩出したことで知られる。本書に選びだした詩人のほか、アレクサンドル・ブローク、アンドレイ・ベールイがいる。また、スターリン死後の雪解け時代には、エヴゲニー・エフトゥシェンコ、ベッラ・アフマドゥーリナ、アンドレイ・ヴォズネセンスキーら「怒れる若者」たちの世代が登場し、新たな百花斉放の詩の時代を迎えた。

フレーブニコフ「キリギリス（Кузнечик）」は、未来派詩人としての彼の本領を伝える実験詩の一つ。「白鳥光（лебедиво）」は、「白鳥（лебедь）」と「驚き（диво）」を結合した造語。自然界のドラマを造語を駆使して再構築した究極のミニマリズム。次の「否み（Отказ）」は、三十七年にわたる生涯の大半を放浪のうちに過ごした彼の人生のマニフェストとでもよぶべき詩。マヤコフスキーの初期の抒情詩は、子音反復が生み出すダイナミックなリズムと絵画的造形性に優れるが、訳出した「ぼく（Я）」は、死の本能に導かれる詩人の鮮烈な愛と共感性を表出する代表作の一つ。アフマートワの「愛（Любовь）」は、微妙な恋愛心理を、一瞬のドラマとして映しとる才気とユーモアにあふれる小品。ツヴェターエワの「別れの夜に（Повторю в канун разлуки）」で始まる「無題」は、バイセクシュアルだった彼女が、愛する女性S・パルノークとの別れの苦しみを綴る連詩『ともだち』の一編。二つめの「DOUCE FRANCE（ドゥース・フランス）」は、二十年近いヨーロッパ生活を終えてソ連に帰還する際、フランス・ルアーブルの港で歌った詩。不幸にして「メアリー・スチュアート」の予感は的中した。パステルナーク「息苦しい夜（Душная ночь）」は、自然の風物と人間が対話する汎神論的世界を描き、そこにゴルゴタへの不吉な連想をまぎれこませる。マンデリシタームの初期の傑作「Silentium」は、人工性の極致である詩と、詩の誕生する以前の世界の無垢に憧れる詩人の若々しい内的葛藤を描き出す傑作。二つめの「まだ死んではいない（Ещё не умер ты）」は、スターリン獄の犠牲となった彼の最晩年の境地を余すところなく伝える自伝詩。

最後に、プラスワンとして掲げたブロッキー「愛（Любовь）」は、幸福の頂点で彼のもとを去った女性との「再会」の願いを謳いあげる、これまた自伝詩。女性の名は、M・Bことマリーナ・バスマーノワ。

ブロッキーは、生涯にわたって愛をめぐる詩を数多く残したが、そのほとんどがこのM・Bに捧げられている。なかでも難解かつ謎に満ちているのが、この「愛」。雪解け時代の始まりにあたる一九六二年に出会ってから、M・Bへの思いは片時といえども冷めることがなかったが、二年足らずして彼女の裏切りが露見し、以後、一九七二年の亡命にいたるまで、ときに自殺未遂をおかすほどの懊悩と歓喜をくり返した。その間、彼は、極北の地アルハンゲリスクで、十八か月に及ぶ強制労働を余儀なくされており、最終的に愛の「敗者」としての運命を甘受せざるをえなかった。

他方、詩人としての声価は年とともに世界的な高まりを見せ、それを危険視した当局の誘導もあって、一九七二年に故国と永遠の別れを告げる。故国との別れは、同時にM・Bとの別れも意味した。しかし、国外に去ってからも未練は癒されず、彼女に捧げる詩を、一九八九年まで書き継ぐことになる。詩人自身の回想にもあるように、彼の精神力は、M・Bとの別れという「不幸に対処するためにすべて費やされ」、その不幸を前にしては、迫害も亡命もさほどの大きな躓きとなることはなかったという。

訳出した「愛」は、愛する人との永続的な暮らしという見果てぬ夢と現に詩人が強いられている孤独という、ある意味で月並みすぎる「愛」の光景を描き出している。しかし迸る思いは、あえて無骨なリズムと散文的なメタファーの駆使によってしか表現できないほど熾烈さをきわめるものであったのだろう。「愛」が映しとる亡命前の詩人の複雑な心象世界は、世界的名声に包まれる彼をもとらえて放すことなかった、まさに秘めたる魂の真実だった。

終詞《おわりのことば》　ことばが詩になるとき

猫の死骸

ula と呼べる女に

萩原朔太郎（一八八六―一九四二）

海綿のやうな景色のなかで
しつとりと水気にふくらんでゐる。
どこにも人畜のすがたは見えず
へんにかなしげなる水車が泣いてゐるやうす。
さうして朦朧とした柳のかげから
やさしい待びとのすがたが見えるよ。
うすい肩かけにからだをつつみ
びれいな瓦斯体の衣裳をひきずり

しづかに心霊のやうにさまよつてゐる。
ああ浦　さびしい女！
「あなた　いつも遅いのね」
ぼくらは過去もない未来もない
さうして現実のものから消えてしまつた……
浦！
このへんてこに見える景色のなかへ
泥猫の死骸を埋めておやりよ。

『定本青猫』一九三六年
（初出一九二四年八月『女性解放』）

簡明な表現で綴られたひとつづきのことばが、脳裏に焼きついて離れないことがある。読み手によって響くものは違うし、読み手の人生の地点によっても響き方が異なってくることだろう。あるときから、「猫の死骸」は、私にとって、折にふれて立ち返りたくなる一篇の詩になった。

しっとりとしていて、豊かな水を湛えた「海綿」のような景色。いきなり連れ込まれた異次元の空間には生き物の気配もなく、悲しげな水車の音だけが響いている。「へんにかなしげなる」といっているのは、水車が頼りなく、ぎこちなく、おぼつかなく軋みながら回っているからで、その音は、そうでなければ無音の圧力に覆われているこの空間に、いくぶんかのやわらぎをもたらし、不協和音を交えて、泣き声のように響いている。水車が水を流し入れているので、水は循環し、この静謐な空間は淀み、濁ることをまぬがれて、みずみずしさをたもちつづけている。

「朦朧」とした情景に立つ一本の柳。そこから「やさしい待びとのすがた」が見える。こちらが柳のかげから覗いているのか、「待びと」が柳のかげにそっと立っているのか、どちらともとれるように思えるのは、水と柳と女の連想がはたらくからだが、どちらがどちらを見ているのか、そもそも距離の感覚もないような空間では問題にならず、二人は申し合わせたように、今、ここにいる。現れた女は「うすい肩かけ」を羽織り、「びれいな瓦斯体の衣裳」を引きずっている。「心霊のやうにさまよつてゐる」とあるように、むろん、生身の肉体をもつ女ではない。萩原朔太郎は、これより二年ほど前、「艶かしい墓場」（『青猫』所収、初出一九二二年六月『詩聖』）を書き、「生あつたかい潮みづ」が匂う墓場に現れる女を、「その腸《はらわた》は日にとけてどろどろと生臭く」とうたつていた。それは「かなしく

せつなく　ほんとにたへがたい哀傷のにほひ」であると。

「猫の死骸」の「さびしい女」は、腐臭さえをも失って、肉体の汚れを洗い流され、美しい「瓦斯体」の衣装を身に纏って「ぼく」を待っている。「うすい肩かけ」も「瓦斯体の衣裳」と同じく、光の粒子で紡がれているのだろう。きらきらと輝く光の破片に優しく包まれている彼女のからだは、その輪郭があるのか、ないのか、わからないが、「ぼく」は、まちがいなく彼女のところにいる。永遠の遅延とともに。「瓦斯体の衣裳」の裾を織りなす光の粒子が、辺りに散りばめられ、拡散していくように、「ぼく」は彼女がそこにいるのを知り、彼女と共にいながら、二人はついに、永久に、会うことはないのだろう。

「あなた　いつも遅いのね」。

あまりにも残酷で、あまりにも優しい、この別れの宣告は、限りない愛のことばである。そしてそのとき、「ぼくら」は、「過去」も「未来」もない、非在の時空間に消えゆき、不可能な愛のなかに安らぐことができる。最終行の「泥猫の死骸」とは、辛かった「現・実」の愛の残骸だろうか。読み返してみると、この情景の全体が、「泥猫の死骸」のようにも映る。「海綿」のように「しつとりと」ふくらんで、泥にまみれ、悲しさを湛えて水に揺蕩《たゆた》う、美しい猫の死骸である。「死体」には冷たさがあるが、「死骸」には温かな艶かしさがある。

言い尽くしようのない孤独と、安らぎの詩である。『定本青猫』の刊行に際して、題の脇に小さく添えられた「ulaと呼べる女に」のulaが、恋人の墓を訪う主題を展開させたエドガー・アラン・ポーの詩“Ulalume”からきていること、詩中、その名が「浦」と記されて、湾曲した閑かな入江の風景を思わせ、さらにそれがuの文字のかたちと相まって子宮の連想をよび、胎内回帰願望を思わせることなど、ここで詳しくふれないが、この詩人の愛の彷徨が至りついた一つの地点が、ここに結晶していることは間違いないだろう。

あえて言語化してみると、生きることの孤独、愛することの喜び、そして、純粋な愛は死とともにあること、それでも人は人を想いつづけることを、この一篇の詩は語っている。少なくとも今の私には、ここに綴られたことばが、そのように響いてくる。そして、そのようなことばが言い尽くすことのできない領域が、さらにその先に広がっているのを垣間見る思いがするのである。

ことばが詩になるとき、それは叙述の域を超えて、意味に還元されることのない世界を開示してみせる。線状に綴られたメッセージとはちがって、それは、ことばの裂け目にひそみ、余白から、あるいは途切れ途切れのイメージや、日常性からの逸脱を繰り返す音の連鎖から、あるいは表層の意味をことばそれ自体が裏切ることによって、読み手の前に立ち現れる。愛のことばに限るものではない。ことばにすることのできない痛み、苦しみ、呻き、怒り、悲嘆、さらにいえば、そうした表現に収まることのない心の様態。そもそも人間の感情に型があるわけでなく、愛も痛みも苦しみも、すべてがひと連なりのものなのだろう。それを、ことばが取りこぼしつづけていくなかで、言語の不完全を引き受けて、意味の亀裂や表現の破綻の狭間から、言語の向こう側を志向するとき——あるいは、言語の手前というべきなのかもしれない——詩が生まれるのではないだろうか。

言語の不完全と格闘し、身を削りながら詩作にとり組んで、それでもことばを届けることができないとあがきながら書きつづけている現代の詩人、藤井貞和の「理由（なぜ詩を書くのかと問われて）」の一部を引いて、閉じたいと思う。ちょうどこれを書いているときに、送られて来た。敬愛する藤井先生が、ことばはこうして詩になるのだよ、詩にできないのだよと教えてくれた気がしている。

理由（なぜ詩を書くのかと問われて）

藤井貞和

世界の子どもをぜんぶ集めて、しかし一人だけ足りなくて、伝説の扉をぜんぶ開け放して、しかしひとつだけ開かなくて。

そのようにして、やさしい手つきで探し求めて、
そのようにして、地上を終わらせるみたいにして、その直前で。

彼女のからだはガラスをぜんぶ壊した球状で、しかし一箇所だけ、
心をのこして、そのようにして破片から、すこし書き直して。

さらに森にはいるようにして、しかしさいごの樹木いっぽんが、
彼女をそっと追い出して、そのようにして送るのこりの香りで。

ひとつだけ足りない、世界の詩集のさいごをあなたは書こうとして、
神さまならば、そのようにして去っていったのかもしれなくて。

ひとつだけ足りない世界の歌集が集める誠意や情熱や、
うたはそのようにして降りてくる、息がふりかかってくるのを待って。

詩集の題の究極のこちらがわ。世界の人類はぜんぶ平和で、しかし一部で、
平和が足りなくて、どんな作品がほしいのかと、あなたは尋ねて。

むこうがわの子が歩いてやってくる、扉に手をかけて、
むこうがわにいる声がして、しかしあなたは作品を手渡すことができないで。

作品を手渡すことができないで、かたちの成長にともなって、
それらはどこかにあって、しかし真上にひらいた天井のひっかききずで。

字は叫ぶ、ひっ一かき一きずが字になって、音便が言文一致のすきまで叫ぶ、
そのようにして発生する、無敬語地帯のまぎれる訛りで。

どこかで会うひとがぜんぶ平安でありますように。しかしひとりの、
不安のためにあなたは書いて、今夜の反時計回りで。

（以下略）

（『よく聞きなさい、すぐにここを出るのです。』、思潮社、二〇二二年七月）

本詩集に編まれた詩人のことばのどれか一つでも、二つでも、読者の心の襞に届いたとすれば、幸いに思う。

注

「猫の死骸」の詳細なテクスト分析については、「「猫の死骸」の風景―非在の時間の豊かさの中で」（『比較文學研究』第九八号）。「萩原朔太郎「青猫以後」の〈うら〉―郷土、亡霊、植民地―」（『SAKU』第八五号）でもふれている。

エリス俊子

あとがき

『世界文学の小宇宙』3をお届けする。

本シリーズを締めくくるのは、世界の詩。前二回と同様、ポトラック（持ち寄り）方式をとり、詩の選択から、人称の表記法その他のすべてを訳者に一任した。結果、古代アラブの物語詩から最新のポーランド詩まで、じつに千三百年の時空をまたぐ詩の「小宇宙」が誕生した。日本からは、いわばホスト役のかたちで、式子内親王による「歓迎」の辞と、萩原朔太郎による「中締め」の詩を添えることができた。ポトラックとは、人々の自由意志と善意からおのずと姿を現す究極の形式である。

こうして「小宇宙」の壮観を目の当たりにしながら思うことがある。それは、詩というジャンルのもつ不滅性であり、作品のそこかしこに無言の影を落とす歴史の存在である。編者の一人としてお願いしたい。読者のみなさんが、それぞれの詩が書かれた時代の現実に、たとえ漠然とでも思いを馳せてくれることを。日々を彩るささやかな喜怒哀楽の詩といえども、それ自体が一つの「時代」の証言であることに変わりないからである。たとえば、マリーナ・ツヴェターエワの詩「別れの夜」。この詩の背後で遠くこだましているのは、詩人の背徳を責めるかのごとき大戦の暗い轟きである。

さて、「あとがき」という限られた枠のなかで、詩とは何かについて論じることは、一見、無謀に見えるかもしれない。白川静によれば、「詩」とは、心が「ゆく・すすむ」さまを映し出した「ことば」(『常用字解』)をいう。ちなみに、英語の「詩」(poesy, poetry)は、「作ること」を意味するギリシア語 ποίησις(poiesis)に起源を置く。言葉によって作られる新しい現実(構造主義の用語を用いるなら、第二次モデル化体系)というほどの意味として解するのが相応しいが、それだけでは、他の文学ジャンル(小説、戯曲)との差異は明らかにできず、詩の本質を際立たせる定義としても役立たない。思うに、詩とは何か、の問いには、おそらく詩を愛する人の数だけ答えはあるというのが、正答ではないだろうか。ある人は、詩とは叫びであると叫び、またある人は、詩とは呟きであると呟く。そこで、ひと言、編者の一人である私に詩の本質をめぐる「呟き」を披露させていただこう。

詩は、嘘をつくことができない。

ここには確実に、若い時代に読んだ中原中也の詩の影響がある。中也の「詩と詩人」から引用する。

「詩といふものが、人生を打算して生きてゐる根性からは、決して生れるものではない!

(中略)誠実のほかに詩の秘訣なし」

では、詩はなぜ嘘をつくことができないのか。そしてなぜ、「誠実」を「秘訣」とするのか。その問いに対しては、少し抽象的になるが、こんなふうに答えるのが適当だと思う。詩とは、基本的に形式であり、形式とは、最高度の結晶化を約束された「嘘」である。ただしその「嘘」は、説明を、言い逃れをいっさい許さない、生命と精神の直接性の発露でもある。

さて、2・24以来、くり返し私の脳裏に浮かんでは消えた本のタイトルがあった。大江健三郎『われらの狂気を生き延びる道を教えよ』（一九七五年）。核で汚染された土地を盾に、改めて人々を核で汚そうと脅しにかける独裁者がいる。その悪魔的な魂胆に「狂気」の文字が重なった。そして七月、私はようやくこの本と向きあい、そこでたちまち次の一文に出会った。

「様ざまな時代の、様ざまな地方の戦闘で、むごたらしくも斃《たお》れた兵士の背嚢からしばしば詩集が発見されるという報告はなにを意味するのだろうか」

この時、大江が具体的にイメージすることのできた戦場がどこであったのか、私にはわからない。また、それらの詩集が、兵士の母語を想定するものであったのかどうかもわからない。理解できたのは、ただ、背嚢に忍び込ませたものが、小説ではなく詩集であったという歴然たる事実である。

そもそも小説には、読了にかかる時間の長さという難題がひそむ。したがって局限された旅の道連れとして、小説はかならずしもふさわしいとは言いがたい。物語の結末を知ることなく、生命を失う事態も考えられる。逆に、自分の生命の短さと重ねあわされる完結への連想は心の平穏を失わせるかもしれない。だから、どんな危機的な瞬間にもただちに手元に引き寄せられる詩集が求められるのだ。そしてその詩集は、もはや栞を要さない。大江は書いている。

「詩には、読みおえるということがない」

戦場では、詩集それ自体が、その兵士の魂が永遠に安らぐことのできる棺と化す。私はここに、詩のもつ特権的なステータスを見る思いがする。かりに詩集が「棺」であるとしたら、そこに眠る「私」の魂は、フィクション（虚構）の蓋で覆われる恐怖に心底怯えることだろう。

さて、私たちが今生きている社会の現実を一言で言い表すとしたら、「ポスト真実」が第一に来るだろう。多くの人々がその異常性に気づくことなく情報の戦場に身を委ねている。そうした不幸な時代に生きる私たちが、真に耳を傾けるべき言葉があるとしたら、やはりそれは、詩しかない。最高度に結晶化をとげた「叫び」と「呟き」としての「嘘」。死の影に色濃く覆われはじめた現実の世界をさまよいながら、私は時おり詩に、冬の日の明るい陽射しを感じとる。

最後に、本シリーズの企画から出版に携わった名古屋外大出版会の皆さま、編集長の大岩昌子さん、編集主任の川端博さんに、執筆者を代表し、もう一人の編者であるエリス俊子さんともども、この場をお借りして心から御礼申し上げる。

亀山　郁夫

二〇二三年一月

編訳者

亀山郁夫《かめやまいくお》

名古屋外国語大学 学長　ロシア文学・文化論

エリス俊子《としこ》

名古屋外国語大学 教授　比較文学、日本近代詩

訳者（掲載順）

松山《まつやま》　洋平《ようへい》　名古屋外国語大学 准教授
イスラーム教思想史

野谷《のや》　文昭《ふみあき》　東京大学・名古屋外国語大学 名誉教授
スペイン語圏文学・文化

室《むろ》　淳子《じゅんこ》　名古屋外国語大学 教授
北米先住民文学

藤井《ふじい》　省三《しょうぞう》　名古屋外国語大学 教授
現代中国語圏の文学と映画

吉本《よしもと》　美佳《みか》　名古屋外国語大学 准教授
アイルランド・イギリス演劇

梅垣《うめがき》　昌子《まさこ》　名古屋外国語大学 教授
アメリカ文学

西村《にしむら》　木綿《ゆう》　名古屋外国語大学 講師
近現代東欧ユダヤ史、ポーランド・ユダヤ関係史

鈴木《すずき》　茂《しげる》　名古屋外国語大学 教授
歴史学、ブラジル史

大岩《おおいわ》　昌子《しょうこ》　名古屋外国語大学 教授
フランス語、フランス文化

齋藤《さいとう》　絢《あや》　名古屋外国語大学 准教授
日韓比較文化、韓国民衆歌謡

児玉《こだま》　茂昭《しげあき》　名古屋外国語大学 准教授
印欧語比較言語学

甲斐《かい》　清高《きよたか》　名古屋外国語大学 教授
イギリス文学

石田《いしだ》　聖子《さとこ》　名古屋外国語大学 准教授
イタリア文学、映画

船越《ふなこし》　達志《さとし》　名古屋外国語大学 教授
中国文学

白井《しらい》　史人《ふみと》　名古屋外国語大学 准教授
ドイツの音楽、映画の音楽

沼野《ぬまの》　充義《みつよし》　名古屋外国語大学 教授
ロシア・ポーランド文学、世界文学論

Artes MUNDI 叢書
―― 知の扉が開かれるときには ――

世界文学の小宇宙 3
愛、もしくは別れの夜に

2023年3月10日　初版第1刷発行
2023年7月1日　2版第1刷発行

亀山郁夫・エリス俊子 編

発行者　亀山郁夫
編集・校正　大岩昌子　川端 博
発行所　名古屋外国語大学出版会
470-0197　愛知県日進市岩崎町竹ノ山57番地
電話 0561-74-1111（代表）
https://nufs-up.jp
本文デザイン・組版・印刷・製本
株式会社荒川印刷

ISBN 978-4-908523-40-3